山川古镇诗集

金文 ◎ 著

北方文艺出版社

·哈尔滨·

图书在版编目（ＣＩＰ）数据

山川古镇诗集 / 金文著 . —— 哈尔滨：北方文艺出版社, 2023.3
ISBN 978-7-5317-5836-5

Ⅰ . ①山… Ⅱ . ①金… Ⅲ . ①诗集 – 中国 – 当代
Ⅳ . ① I227

中国国家版本馆 CIP 数据核字 (2023) 第 028715 号

山川古镇诗集
SHANCHUAN GUZHEN SHIJI

作　　者 / 金　文

责任编辑 / 富翔强　　　　　　　　装帧设计 / 树上微出版

出版发行 / 北方文艺出版社　　　　邮　编 / 150008
发行电话 / (0451) 86825533　　　经　销 / 新华书店
地　　址 / 哈尔滨市南岗区宣庆小区 1 号楼　网　址 / www.bfwy.com

印　　刷 / 武汉市籍缘印刷厂　　　　开　本 / 880×1230　1/32
字　　数 / 100 千　　　　　　　　印　张 / 16
版　　次 / 2023 年 3 月第 1 版　　　印　次 / 2023 年 3 月第 1 次印刷
书　　号 / ISBN 978-7-5317-5836-5　定　价 / 98.00 元

作者简介

金文，原名周庆金，男，1943年10月出生，武汉市人，中共党员，毕业于中国人民解放军通信兵工程学院无线电系。曾任高炮71师无线技师，郑州高炮学院副团职教员，郑州教育学院（现郑州师范学院）设备处处长，兼任中国高等师范电子学会常务理事，中国企业文化促进会特邀研究员，中国诗歌学会会员。

在教学上，曾讲授过"电工学""脉冲数字电路""无线通信""军用电台""无线电维修""物理实验"等六门课程。践行过"脉冲数字电路工程教学法"，其论文获"全国师专教育学院电子教学研究会"优秀论文奖。

在数学上，出版《逻辑函数化简表》，发现"逻辑函数的全对称互补公式""逻辑函数的半相同互补公式"，发明"逻辑函数式的淘汰化简法""逻辑函数式的查表化简法"。全对称互补公式和查表化简法均获"中国高等师范电子学会"优秀论文一等奖，"淘汰化简法"获郑州市教学成果奖。

在发明上，曾参加"计算机辅助电工学教学程序库""高炮室内射击指挥室""音乐电疗仪""一种荧光灯罩""六用教鞭""索河金文饼"等六个项目研制，其中"一种荧光灯罩"获国家专利证书（专利号ZL92229487.9），并获首届中国金榜技术与产品博览会金奖，得到推广应用，每年为国家创造价值近 200 亿元。

在文学上，出版《金文文集》《金文诗集》，著有《山川古镇诗集》。创作诗歌 1012 首，有 7 首诗歌被收录在《类编中华诗词大系》中，在海内外诗词大奖赛中，分获创作成就奖和二等奖。

作者获单位优秀共产党员 4 次，先进工作者 1 次，获"光荣在党 50 年纪念章"。

序 言

本书作者善于学习，热爱劳动，勇于创新，在数理文教程医等多学科皆有创新成果。在写诗上也有自己的特点，概括起来为三个字：律、实、顺。所谓律，他写的诗是古诗类型，符合古诗的格式和韵律。所谓实，就是很实在，言之有物，情真意切。所谓顺，就是读起来很顺口，很流畅，有朗朗上口的感觉。好读好学好记，适合广大读者鉴赏品读。

本诗集讲述的是国内主要山川古镇的美景、美食、特产和名人逸事。阅读此诗集，将给休闲旅游的人们增添一点诗情画意，起到一点书面导游的作用，也可为旅游景区增加一点文化底蕴。

梅臻

二〇二一年八月十日

目 录

第二部分　古镇诗集

第一部分 山川诗集

安徽省

天门山①
二〇二〇年十月十九日

【美景】

天门劈开楚江流，
二梁②双黛蛾眉秀。
险峻媚态引凤来，
诗仙万里泛舟游。

翠蝶仙姑③浣洗绸，
翘首白鲸④逆行舟。
羲之⑤书刻飘神韵，
望夫⑥早日能聚首。

【注释】

①天门山：位于安徽省芜湖市北郊长江畔。传说玉帝命神仙将此山劈开，让长江水从此流过。

②二梁：是指东西梁山，色如横黛，宛如蛾眉。

③翠蝶仙姑：是指翠螺山，好像一个姑娘在江边洗她多彩的绸子一样。

④翘首白鲸：是指东梁山，好像一头巨鲸逆流而行。

⑤羲之：指王羲之，他曾在天门山游览过，并留下摩崖书刻。李白、杨万里也在此留下诗篇。

⑥望夫：是指东梁山上的望夫石。传说一妇人的郎君长期未归，其在东梁山上望夫早日归来，时间长了就变成一块石头，故称望夫石。

天柱山①
二〇二〇年十二月十三日

【美景】

宝光

渡仙桥上望柱峰，
阳光强照云雾浓。
七彩光环现屏幕，
人影置身光环中。

飘云瀑

飞流泉水入涧流，
涧阔坡平缓流速。
流泉如纱荡悠悠，
飘然而下如云流。

雪崖瀑

折叠白崖瀑飞泻，
石色水色莹如雪。
雷鸣飞花皆有时，
雪崖瀑布最奇绝。

司元洞

神秘谷隐洞中洞，
洞洞相连藏"三宫"②。
空邃能容万千物，
水晶岩下与海通。

园门石

降丹峰西居山神，
洞府紧闭大圆门。
祈求山神借金牛。
勤劳农夫把地耕。

天柱峰

平地拔起如春笋，
擎天一柱顶天庭。
万山千岩绕拱拜。
腾云驾雾南天门。

【美食】

瓜篓籽

俗称野生葫芦籽，
其味润绵脆香异。
富含钙铁锌和硒，
扩张冠脉利心肌。
内含多种氨基酸，
古皖贡品献皇帝。

石耳炖老鳖

老鳖肥肉砂锅炖，
倒入石耳佐料盆。
汤清味鲜肉酥烂，
清凉驱火功效灵。

五香干

五种佐料烧豆腐，
香嫩可口味特殊。
色味俱佳得银奖，
盛誉不忘王安石。

贡糕

上等配方添辅料，

精心研制增功效。

生津补肾带养颜，

乾隆品尝封"贡糕"。

【注释】

①天柱山：位于安徽省安庆市潜山市西部，是世界地质公园，5A旅游景区。

②三宫：指龙宫、迷宫、逍遥宫。

九华山①
二〇二〇年十二月九日

【美景】

九峰凌空似莲花，
御赐金匾誉中华。
三大山系②尔居中，
"两山一湖"③成奇葩。

九子泉声伴五溪，
流泉飞瀑潭沟罅。
华山福地有三宝④，
心悦诚服献"菩萨"⑤。

【特产】

竹编

盛产毛竹品质优，
竹质制品满山沟。
制作精细镂图案，
竹编工艺誉九州。

葛粉

葛藤根部含淀粉，

洁白如玉味甘醇。

常吃葛粉可明目，

消火清心益健身。

【注释】

①九华山：位于安徽省池州市，是避暑胜地。古称陵阳山、九子山，因有九峰形似莲花而得名。至今保留着乾隆御笔金匾"东南第一山"。

②三大山系：指黄山、九华山、天目山。

③两山一湖：指黄山、九华山、太平湖。

④三宝：指青钱柳、娃娃鱼、叮当鸟。

⑤菩萨：指金乔觉。

齐云山①

二〇二〇年十二月十日

【美景】

一峰插天与云齐，
云腾雾绕雨林密。
"牛郎相亲""织女赴"，
"弹琴蛙"②奏天籁律。

"观音洞"③内把线牵，
"五老""三姑"送贺礼。
"仙人花轿"④迎新娘，
"真仙洞府"⑤拜天地。

【美食】

南酸枣糕

野趣盎然滑柔韧，
由酸而甜风味纯。
消食解腻抗氧化，
舒筋活血带安神。

【注释】

①齐云山：位于安徽省黄山市休宁县境内，是国家级风景名胜区。

②弹琴蛙：是景区内稀有动物之一。

③观音洞：为景区内景点。

④仙人花轿：为景区内景点。

⑤真仙洞府：为景区内景点。

琅琊山①
二〇二〇年十二月十二日

【美景】

"八绝"②"六题"③蓬莱影，
　雨后听泉天籁音。
　夕阳晚照霞光艳，
"三古"④装点成名胜。

　刺史⑤奇探摩陀岭，
　绶带鸟⑥绕醉翁亭⑦。
　名人书画刻墨苑，
　海市蜃楼南天门。

【美食】

藕夹子
两片藕片包肉泥，
油锅煎炸合一体。
色泽金黄飘藕香，
酥脆可口不油腻。

13

琅琊酥糖

芝麻糖面精制成，
厚薄均匀层次清。
色泽浮白香酥软，
馈赠亲友是佳品。

【注释】

①琅琊山：位于安徽省滁州市，是国家重点风景区。被誉为"蓬莱之后无别山"的美名。

②八绝：琅琊八绝指的是庶子泉、白龙泉、明月溪、清风亭、望日台、归云洞、阳冰篆和垂藤盖。

③六题：归云洞、庶子泉、琅琊溪、石屏路、班春亭、惠觉方丈。

④三古：古驿道、古关隘、古战场。

⑤刺史：滁州刺史李幼卿。

⑥绶带鸟：琅琊山中的一种鸟。

⑦醉翁亭：欧阳修号醉翁，为其修建的亭子叫醉翁亭。

黄山①
二〇二〇年十一月九日

【美景】

红叶云海美奇幻，
连理迎客献蒲团。
罗汉峰壁挂九龙，
百丈瀑布入青潭。

老人采药仙指路，
灵泉沐浴把童还。
苏武牧羊猴望海，
登览黄山不观山。

【美食】

方腊鱼
多形多色多风味，
咸鲜香松嫩酸甜。
品尝名肴怀旧事，
相映成趣永留念。

【注释】

①黄山：位于安徽省黄山市，是中国十大名胜古迹之一。黄山以奇松、怪石、云海、温泉著称于世。奇松：如迎客松、连理松、蒲团松等。怪石：如"老僧采药""仙人指路""苏武牧羊""猴子观海"等。云海：自古黄山云成海，特别是成片红叶浮在云海上，是黄山深秋奇特景观之一。温泉：传说黄帝在此沐浴后返老还童，羽化成仙。人们把黄帝沐浴过的温泉称为灵泉。

四川省

青城山①
二〇二〇年十一月十一日

【美景】

诸峰夹峙绿荫浓，
游人到此置画中。
佛道相会随情缘，
道观宫殿隐林丛。
老君②口授《道德经》，
历代天师跪拜诵。

【特产】

洞天乳酒
浓似乳汁色如玉，
鲜美醇和香浓郁。
青城四绝有乳酒，
引来杜甫盛赞诗。

【注释】

①青城山：位于四川省都江堰市西南，是中国道教名山之一。

②老君：指太上老君。

峨眉山

二〇二〇年十一月十日

【美景】

灵岩①叠翠掩密林，
萝峰②绝尘通幽径。
双桥③清音戏双龙，
圣积④晚钟闻金顶。
白水⑤秋风蛙弹琴，
山鸟长鸣声阵阵。
大坪⑥雯雪幽精绝，
九老仙府⑦情未尽。
象池月夜两相对，
金顶佛光迷游人。

【特产】

峨眉糕

千年盛名峨眉糕，
白甜细软价值高。
补中益气健脾胃，
润燥降火见功效。

【注释】

①灵岩：指建在高桥左侧的灵岩寺。

②萝峰：位于伏虎寺右侧，是古松聚生之地。

③双桥：是指分跨在黑白二水上的两桥。黑白二水又称黑龙江和白龙江。江水打在石板上，在深谷幽林中好似古琴弹奏。

④圣积：是指圣积寺，原为峨眉山入山第一大寺。寺内有一铜钟，一鸣金顶上都能听到。

⑤白水：是指白水寺，寺内有一水池，池内蛙声如琴。

⑥大坪：指大坪峰，位于黑白水之间。

⑦九老仙府：是仙峰寺与九老洞的统称。

西岭雪山①
二〇二〇年十二月十三日

【美景】

熊猫林

箭竹成林布西岭，
植被丰美景宜人。
庇护熊猫繁衍息，
特产"国宝"世闻名。

阴阳界

斧劈刀削分水岭，
阴阳两界气候分。
岭西干燥又寒冷，
岭东温暖又湿润。

杜甫亭

雷电劈成杜甫亭，
惟妙惟肖似显灵。
魂归故里回草堂，
隐听诗圣吟诗声。

五彩瀑

红色岩石泻瀑流,
好似红底镂花绸。
日照彩虹显雾中,
五彩缤纷入神州。

远眺西岭主峰

绵延百里大雪山,
"日照金山"见奇观。
置身峰涛与云海,
胜过八仙游蓬莱。

【美食】

豆花

黄豆米粉奶汤氽,
肉馅蔬菜辣椒拌。
白嫩香鲜又爽口,
欲罢不能麻辣酸。

虹鳟鱼

西岭脚下产虹鳟,
肉质细腻味鲜醇。
富含铁质蛋白质,

美容益脑带强筋。

西岭炖肘子

肘子佐料小火炖，
风味独特烂香醇。
富含胶原特美容，
活血润肤填肾精。

【注释】

①西岭雪山：位于四川省成都市西郊，是中国重点风景区，是大熊猫的栖息地。熊猫林、阴阳界、杜甫亭、五彩瀑、远眺西岭主峰为其主要景观。

九寨沟①

二〇二〇年十二月三十日

【美景】

翠海

碧蓝澄澈明见底，
光照色彩变奇异。
赤橙黄绿黛翠碧，
一湖一态显神奇。

奇湖错落满沟壑，
变幻无穷醉人意。
古树环绕奇花拥，
目不暇接古来稀。

彩林

莽莽苍苍原始林，
争奇斗艳绿荫森。
奇花异草色绚丽，
五颜六色天染成。

叠瀑

瀑布急泻挂翠岩，

几经跌宕滚下来。

好似银龙腾越跃，

赏心悦目绝精彩。

【美食】

牦牛肉

二〇二一年二月二十七日

牛肉入锅沸水焯，

倒入高压配料锅。

定时压焖成熟品，

补血补气营养多。

洋芋糍粑

二〇二一年二月二十七日

土豆蒸熟打成泥，

加入蜂蜜料配齐。

营养丰富味道鲜，

解毒消炎治便秘。

【注释】

①九寨沟：位于四川省九寨沟县境内，是国家重点风景名胜区。翠海、彩林、叠瀑是该景区主要景观。

四姑娘山①

二〇二一年元月十日

【美景】

四位神女成名胜，
二姐峡谷藏山珍。
三姐栖息大熊猫，
大姐放养牛马群。
幺妹蜀山称皇后，
登山名山世闻名。

【美食】

酥油

牦牛酥油色泽黄，
味道甘甜带余香。
和脾温中润肠胃，
营养丰富美名扬。

贝母炖鸡

土鸡贝母文火炖，

汤鲜味美还养生。

牦牛肉干

精选藏区牦牛肉，

自然风干香松酥。

口味好似牛肉干，

无水无腥口水流。

虫草炖鸭

鸭子虫草砂锅炖，

肉烂飘香补肺肾。

春季食用平阴阳，

强身健体为珍品。

【注释】

①四姑娘山：位于四川省小金县四姑娘山镇境内，是国家级风景名胜区。二姑娘山的峡谷中有珍稀动物和药材，三姑娘山是大熊猫栖息地，大姑娘山是放养牦牛和马的地方，幺姑娘山是四川第二高峰，誉称蜀山皇后，是中国十大登山名山之一。

贡嘎山^①

二〇二一年二月六日

【美景】

雪谷温泉

白雪皑皑嵌温泉，
蒸汽滚滚腾空旋。
绿树奇花朦胧胧，
漫天飞舞雪花片。

日照金山

千年积雪银光闪，
卫士峰绕主峰转。
灿烂红日冉冉升，
雪峰全变金灿灿。

【特产】

昌果红土豆

果大皮薄口味好，

维生素 C 含量高。

农博会上获金奖，

打入市场也畅销。

【注释】

①贡嘎山：位于甘孜藏族自治州境内，是四川省第一高峰。
雪谷温泉、日照金山是其主要景点。

金口大峡谷①
二〇二一年二月七日

【美景】

乐山大佛

最大石刻弥勒佛，
并稳安定江边坐。
激流险滩无所惧，
威镇三江大浪波。

大佛慈悲禅意多，
为民扬善镇邪恶。
喜怒悲欢装心中，
与民共享哀与乐。

【美食】

蔡鸭子

精选原生土麻鸭，
辅配香料三十八。
传统工艺精制成，
远销日本加拿大。

蒙山茶

自唐入贡负盛名，
仙茶贡茶茶珍品。
品种繁多创名牌，
香飘海外受欢迎。

雅鱼

鱼形似鲤鳞如鳟，
体形肥大肉细嫩。
砂锅雅鱼为名菜，
慈禧太后赞不停。

雅笋

洁白如玉雅竹笋，
鲜美无比香脆嫩。
煮熟晒干成佳肴，
远销韩国和日本。

【注释】

①金口大峡谷：位于四川省乐山市，是国家地质公园，4A级旅游景区。乐山大佛为其主要景点。

江西省

三清山①

二〇二一年元月一日

【美景】

三清尊神坐山巅，
仙井②不涸水冽甜。
岿然不动风雷塔，
天师③传道尽千年。

【美食】

二〇二一年三月一日

花斑鱼

淋入豉汁入锅蒸，
再淋滚油胡椒粉。
富含蛋白卵磷脂，
降压降脂减痴症。

熏香鸡腿

茶叶黄糖炒烟升，

鸡腿放箅入锅熏。

醇香可口色红亮，

营养丰富肉软嫩。

（豉汁：盐、鸡粉、色拉油、酒、姜、葱等做成的辅料）

【注释】

①三清山：位于江西省上饶市玉山县与德兴市交界处，是道教名山。因玉京、玉虚、玉华三峰如列坐在山巅的三清尊神（玉清、上清、太清），故称三清山。

②仙井：是三清山"开山始祖"葛洪挖的井。

③天师：指道教传人张天师。

东方女神①

二〇二一年二月三日

【美景】

女神巨蟒连理情，
相依相伴立山顶。
挚爱永远洒人间，
佳偶天成美象征。

"司春女神"玉帝封，
胸怀博大为众生。
掌管万物与爱情，
树绿花开谷丰登。

【注释】

①东方女神：三清山十大美景之一。传说女神为西王母娘娘的第二十三个女儿，名叫瑶姬。巨蟒是采药小哥孟龙，被乌龟精施法而成。女神与孟龙相爱结成连理。玉帝反对，将女神和孟龙都变成石头。后来玉帝醒悟，但为时已晚，就封女神为"司春女神"。

观音赏曲①

二〇二一年二月二日

【美景】

琵琶和尚修苦行，
精研佛学忘奉承。
视为傲上轻佛祖，
打入古刹最底层。

醒悟托钵别古刹，
游历名山入三清。
疑为误入瑶池境，
弹奏琵琶表心情。

琴声引来鱼跃峰，
百鸟齐唱飞三清。
九天仙女把花撒，
醉倒观音忘此行。

【注释】

①观音赏曲：为三清山十大美景之一。由于琵琶和尚弹得好听，感动了佛祖，派观音下凡点化琵琶和尚成仙。观音下凡听后忘记佛祖的任务，坐下听曲了。

井冈山①

二〇二一年二月二日

【美景】

革命摇篮井冈山，
红色种子神州传。
中国人民得解放，
改天换地把身翻。

昔日游击满山转，
今朝鸟语花香环。
革命圣地放光芒，
中华儿女世代传。

【美食】

烟笋炒肉

炭火烤干熟竹笋，
烟熏火燎成佳珍。
用它炒肉带笋香，
美味佳肴醉游人。

泥鳅钻豆腐

泥鳅钻入嫩豆腐，

配齐佐料油锅煮。

营养丰富味鲜嫩，

人们爱吃胜鳜鱼。

石耳炖武山鸡

石耳清炖武山鸡，

清热降压带补气。

滋阴润肺又养血，

妇女吃了最欢喜。

荷包玻璃鱼

红鲤香菇清蒸成，

色泽红亮肉细嫩。

口感细腻味鲜甜，

宴请贵宾是佳珍。

【注释】

①井冈山：位于江西省吉安市，是国家5A级景区。

龟峰山①
二〇二一年元月二十八日

【美景】

银龟金龟聚一山，
嬉戏打闹叠罗汉。
风雨交加雷声响，
就地爬下不动弹。

龟峰植物

枝繁叶茂四季桂，
四季开花延千岁。
桃花杏花紫藤花，
杜鹃紫薇松竹梅。

孑遗杏柏活化石，
竹柏水松将濒危。
观音柳枝洒甘露，
百花盛开峰林翠。

【美食】

乌龟蛋

二〇二一年三月十六日

乌龟产蛋体虽小，

滋补身体营养高。

【注释】

①龟峰山：位于江西省弋阳县，国家森林公园，全国爱国主
义教育基地，国家5A旅游景区。

龙虎山①
二〇二〇年十二月十一日

【美景】

南张道家传千载，
堪比北儒②生辉来。
千峰竞秀屏蠹埔，
一江碧玉绕丹岩。

"三绝"③景观源远流，
天师道教传海外。
乘舟可赏龙虎屏，
登高能观峰云海。

【美食】
二〇二一年二月十日

上清豆腐
手工地道过滤细，
含水适度白嫩腻。
煎炸煮炖皆鲜美，
风味十足老少宜。

天师板栗土鸡

"人间仙果"烧土鸡，

文火慢炖清香溢。

油光发亮美佳肴，

滋阴补阳健肾脾。

（天师板栗被称为人间仙果）

【注释】

①龙虎山：位于江西省鹰潭市，是国家重点风景名胜区，是道教文化发源地。道教创始人是张道陵。

②北儒：以孔子为代表的北方儒家文化。

③三绝：炼丹传道、碧水丹山、崖墓群。

灵山①

二〇二〇年十月二十四日

【美景】

疑似巨龙踞山顶，
八方朝拜睡美人。
"蛤蟆观天""龟望月"②，
水晶帘③外观绝景。

凌空栈道峭壁行，
石缝涓流伴鸟鸣。
阴阳合璧太极图④，
神仙相助"双鱼吻"⑤。

【特产】

灵山石茶

叶片圆厚色深绿，
茶味奇特清凉喉。
生津止渴防中暑，
越陈越好赠亲友。

【注释】

①灵山：是指江西省上饶县的灵山。远眺近看灵山有不同的景色，有人认为像一条巨龙，有的人认为像一个睡美人。

②"蛤蟆观天""龟望月"：是指灵山上的各种怪石的形态。

③水晶帘：指灵山上13处瀑布。

④太极图：饶河沿山脉流淌出的轨迹像一个太极图。

⑤双鱼吻：传说当地有一对情侣相爱，遭到家人反对，双双跳崖。灵山的神仙被他们的真挚爱情所感动，把他们变成灵山上的一对相吻的鱼。

庐山①

二〇二〇年十一月十二日

【美景】

丹青墨迹如云海，
名胜古迹遍地开。
历代诗人登山吟，
难吟庐山真面来。

自古诸家多青睐，
政客名流当舞台。
隐士僧道做依托，
深藏文化出绝彩。

【美食】

石鱼爆蛋

二〇二一年三月二十一日

山泉石鱼为原料，

家常精制美佳肴。

肉细嫩鲜味香醇，

闻名遐迩滋补好。

【注释】

①庐山：位于江西省九江市，是我国著名旅游景区和避暑疗
养胜地。

河南省

朝歌山①

二〇二〇年十月二十七日

【美景】

天造朝歌一绝景，
可惜轮为商纣王。
沉湎酒色信谗言，
滥施暴政遭民喷。

天险避兵只一时，
难挡武王伐纣军。
励精图治赢民心，
方得世代江山稳。

【美食】

二〇二一年三月二十一日

无核枣

淇县特产"无核枣"，
皮红肉白含糖高。
甜脆异香味醇厚，
健脾润肺贡周朝。

缠丝鸭蛋

蛋黄截面呈彩环,

红黄相间一圈圈。

高蛋白,低脂肪,

誉为"中国名特产"。

淇河鲫鱼

体皆双脊形扁圆,

肉嫩肥美呈蒜瓣。

营养丰富价值高,

昔日专贡皇室餐。

龙女喜游淇河滩,

化身鲫鱼美名传。

纣王贪恋淇水鲫,

墓葬淇河永相伴。

【注释】

①朝歌山:是指豫北的朝歌山。有"一夫当关,万夫莫开"
之险峻。曾是纣王屯兵囤粮的军事要地。

苏门山①

二〇二〇年十月二十八日

【美景】

泉湖吐珠溅盛景，
阳光照射粼如金。
"卫水金波"②不虚传，
文人墨客留佳吟。

百泉穴进贯珠景，
苏轼欣题"涌金亭"③。
柳④苏三代结亲缘，
崇拜文豪辉县情。

【特产】

二〇二一年三月二十二日

辉县柿子醋

相如酿造柿子醋，
造福辉县美名流。
（相如：指赵国名相蔺相如）

辉县新香糯

米粒椭圆白如玉，
清香味浓滋补虚。
一家蒸饭全村香，
酿酒制糕成首需。

辉县山楂

山楂种植近千年，
红润光亮色彩艳。
黄酮含量品位高，
食用药用带保健。

【注释】

①苏门山：是指新乡辉县苏门山。

②卫水金波：明朝评定新乡八大景中，将苏门山景区定为"卫水金波"，是辉县名胜。

③涌金亭：指苏轼游览苏门山时，看见泉水自地穴迸出，欣然为山下新修的亭子题下"苏门山涌金亭"六个大字。

④柳：指润州柳仲远。苏轼堂妹"小二娘"嫁给柳仲远后定居新乡辉县。苏轼与柳氏一门三代关系非常好。

嵩山①
二〇二〇年十一月八日

【美景】

三教文化②润嵩山，
佛法道教藏书院。
女娲补天四极正，
华盖历法天地圆。

开天辟地祖三皇③，
尧舜禹帝功德传。
中华文明发源地，
子孙万代祀拜坛。

【特产】
二〇二一年三月二十三日

中岳仙茶
酸枣树采叶和芽，
精湛工艺制成茶。
健康绿色原生态，
安神助眠效果佳。

绵枣

绵枣泡水代茶饮，

抗菌消炎强体能。

绵枣红糖煮粥食，

缓解心悸和气虚。

冬凌草茶

味苦性寒冬凌茶，

清热排毒降血压。

誉为绿色好饮料，

王屋山珍称奇葩。

【注释】

①嵩山：位于河南省登封市，是五岳中的中岳。

②三教文化：是指佛教、道教、儒学文化。

③祖三皇：是指天皇、地皇、人皇，曾在此开天辟地创造文
明。

鸡公山①
二〇二〇年十二月七日

【美景】

神鸡②正直贬下凡，
除暴安良鸡公山。
景色幽雅气候爽，
万国建筑博物馆。

沟谷纵横九道湾，
滴水瀑布挂前川。
金鸡报晓金光现，
避暑胜地美名传。

【美食】
二〇二一年三月二十四日

清炖南湾鱼
汤色奶白汁浓稠，
肉嫩肥美味醇厚。
微量元素含量多，
健脑护心益长寿。

固始鹅

营养素含十九条，

肉质细腻美佳肴。

补阴益气营养高，

暖胃生津防衰老。

佳肴千种无问津，

只食鹅腿仅一条。

酒甘鹅尽诗兴起，

《咏鹅》传世成民谣。

（隋炀帝宴众妃，佳肴近千种，新贵人张丽华，仅食一鹅腿，余菜不问津。唐朝陈元光宴骆宾王于固始城，酒甘鹅尽，诗兴大发，吟起留芳于世的《咏鹅》）

【注释】

①鸡公山：位于河南省信阳市南部，是中国四大避暑胜地之一，被称为万国建筑博物馆。

②神鸡：传说天庭有一只负责报晓的神鸡，性格耿直，得罪了玉帝，将其贬职下凡，落户在鸡公山。

紫云山①
二〇二〇年十月十七日

【美景】

紫气环绕山峰峦，
山顶佛塔若隐现。
紫云禅寺②添灵气，
洗心求佛云雾间。

奥秘天趣有"三潭"③，
操改龙潭为龙殿。
四面悬空黄巢寨④，
隐藏英雄史诗篇。

【美食】
二〇二一年三月二十五日

景家麻花

景家麻花三百年，
形如绳头香酥甜。
康熙赞美成贡品，
名声大振代代延。

王洛红烧猪蹄

王洛猪蹄人人夸，

配料就用四十八。

色泽鲜艳味道纯，

晶莹发亮品质佳。

护肤养颜效果好，

健脾健胃功效大。

【注释】

①紫云山：地处襄城、郏县两县交界处，因山上常出现紫色云雾而得名。

②紫云禅寺：是东汉建于紫云山顶的寺庙。

③三潭：指龙王庙沟中的青龙潭、黄龙潭、黑龙潭。当年曹操在黄龙潭发现一条黄鳝，故将此地改名为龙王庙。

④黄巢寨：是唐末农民起义军首领黄巢，曾安营扎寨的地方。

金顶山^①

二〇二〇年十月十七日

【美景】

"三湖"^②秋水波光艳，
　云空飞瀑珠四溅。
"鲸鱼"戏水迎客来，
　神龟探幽龙潭边。

　金顶紫雾梦如烟，
　云梦山洞幽邃险。
连体树^③姻长相依，
"金扇佛经"^④把线牵。

【美食】

二〇二一年三月二十六日

马蹄馓子^⑤

条细色黄马蹄形，
香而不腻味纯正。
寒食代餐三千年，
名不虚传夺冠军。

沈岗油馍⑥

层层叠叠焦黄亮，

味道鲜美柔酥香。

明清两代为贡品，

"沈岗油馍"美名扬。

【注释】

①金顶山：位于河南省驻马店确山县境内，是国家级森林公园。

②三湖：是指金沙湖、金溪湖、金龙湖。

③连体树：金顶山有四奇：奇雾、奇树、奇石、奇坡。连体树是奇树中的一种。

④金扇佛经：古代佛经石刻，整体成扇形。上刻的是《般若波罗蜜多心经》。

⑤马蹄馓子：曾于1996年在河南国际饭店面点评选大赛中夺冠。

⑥沈岗油馍：有"北有道口烧鸡，南有沈岗油馍"之美誉。

观山^①

二〇二〇年十月二十二日

【美景】

叠翠观山双黛峰，
古塔如林飘云中。
武后^②息风"过风垭"，
太宗^③叹险命"危峰"。

飘飘欲仙八百里，
苏轼^④感叹愧此中。
太子修道祖师顶，
感动玉帝赐行宫。

【美食】

二〇二一年三月二十六日

炸糖糕

色泽金黄皮脆嫩，
内层软乎香甜醇。
润肺止咳健脾胃，
欢庆丰收送亲人。

【注释】

①观山：是指河南省汝州市的观山。主峰祖师顶是汝州市最高峰，位于汝州、汝阳、鲁山县交界处。

②武后：指武则天。当年，她经过祖师顶和玉皇顶两峰之间时，正好刮起一阵大风，武则天大怒，大风被武则天震慑住了，风就停了。从此以后，此地就没有风了。此处为"武后息风处"。

③太宗：指唐太宗。当年，他游祖师顶时，站在主峰脚下向上仰望时，见山高壁险，感叹道："实危险也。"于是，把该峰以"危峰独见"命名。

④苏轼：指苏东坡。当年苏轼游观山时，触景生情，感到自己不如羊祜大将军，也能游览观山美景，深感有愧。

云台山①

二〇二〇年十二月十日

【美景】

满山云雾如面纱，
好似美女羞答答。
竹林七贤②来聚会，
游遍"九潭"穿"六峡"。

千姿百态瀑潭泉，
奇峰异石如诗画。
踏上云梯登绝顶，
飘飘欲仙升天涯。

【美食】

二〇二一年二月十日

闹汤驴肉

肉煮过后陈年汤，
精制加工添营养。
富含蛋白维生素，
乾隆品尝连赞扬。

修武黑山羊

个大肉多体质壮，
肉鲜细腻富营养。
祛寒暖胃补气肾，
体弱滋补最恰当。

【注释】

①云台山：位于河南省修武县境内，被列入世界地质公园名录，国家5A级景区。

②竹林七贤：嵇康、阮籍、山涛、向秀、刘伶、王戎、阮咸。云台山是竹林七贤的隐居故里。

王屋山①
二〇二〇年十二月二十日

【美景】

紫金"太岁"②
科学无解神物种，
隐藏天坛总仙宫。
紫金"太岁"可观赏，
冒犯"太岁"可不中。

银杏树
千年银杏植王屋，
叶子入药果实补。
杏叶制茶降血压，
做成书签防蛀虫。

阳台宫③
前似凤尾后如首，
倒骑凤凰雾中游。
手掌一击"凤凰鸣"，
展翅欲飞雄奇秀。

【美食】
二〇二一年二月二十日

土炒馍
白土焙馍色如土，
富含多种维生素。
外酥里嫩喷土香，
健脾止泻柔肠肚。

风吹兔
去血兔肉加佐料，
传统工艺精制炒。
氨基酸多脂肪低，
常吃智力可提高。

【注释】

①王屋山：位于河南省济源市、山西省晋城市阳城县、运城市垣曲县等市县间，是世界地质公园。

②太岁：是指肉灵芝，放在天坛峰总仙宫内。

③阳台宫：前面有九座山岭扇形排开，像凤凰的尾巴。后面是天坛峰，像凤凰的头。阳台宫就建在凤尾的根部，向倒骑在凤凰的身上。在阳台宫门前石阶上用手掌一拍，就能听到类似鸟的叫声，人们说是"凤凰鸣"。

青龙峡①
二〇二〇年十月二十五日

【美景】

青龙为民除魔头②，
清澈溪水贴石流。
放眼皆是泉潭瀑，
喷珠溅玉欢幽幽。

榔榆林③现峡村头，
送别远眺亲情留。
三官洞④生仙人掌，
叩谢青龙神造就。

【美食】
二〇二一年三月二十七日

松花蛋

增进食欲促消化，
中和胃酸降血压。

铁棍山药

甘甜性平入三经，

润肺益气能安神。

药食两用价值高，

怀山药中之精品。

【注释】

①青龙峡：是指河南省焦作市的青龙峡。

②魔头：传说此处曾被凶虐的旱魔霸占，附近无水。为民请命的青龙王与旱魔进行一场恶斗，将旱魔赶走了。将堵在水源口的"老鳖石"推开，这一带峡谷才有水流。

③椰榆林：在青龙峡深处有一个"陪嫁妆村"，村中有一片千年椰榆林，最长树龄达1800年，椰榆树是该村的情感树，送别亲人都在此树下进行。

④三官洞：是青龙峡最深的溶洞，里面有各种形状的钟乳石。

龙潭大峡谷①

二〇二〇年十月二十六日

【美景】

险崖陡峭"一线天"②，
池涧泉溪珠串连。
五龙环抱清水潭，
飞龙瀑喷蝴蝶泉。

雄伟"天碑"③立山间，
五代痕石挂银练。
阴阳潭谷④割昏晓，
仙女出浴醉神仙。

【美食】

二〇二一年三月二十八日

新安烫面饺

皮薄如纸莹欲滴，
软而不筋鲜不腻。
状如新月色如玉，
味美飘香三千里。

羊肉汤

活血养气利美容，
强身补肾治腰痛。
温中养胃除虚寒，
健脾补肝助明目。

【注释】

①龙潭大峡谷：位于河南省洛阳市。谷中潭泉池溪星罗棋布，其中有一潭清水被五条山脉环抱，被称为五龙潭。

②一线天：在大峡谷中，有一条深百米，长数公里，两边如刀削的狭窄通道。

③天碑：是指峡谷中，因山体崩塌断裂形成五十多米高的巨石。除天碑外，还有"仙女出浴""五代波痕石""银练挂天"等景观。

④阴阳潭谷：指阴阳潭瓮谷。此谷是一个口小肚大的瓮形深潭。南部幽暗，北部明亮，一暗一明，如似昏晓。

河北省

天河山①
二〇二一年元月二十五日

【美景】

奇峰林立峡幽峻，
"云顶草原"羊成群。
群瀑飞溅清泉流，
"太行水乡"世闻名。

牛郎忠厚勤耕耘，
感动织女配成婚。
激怒王母划天河，
七七鹊桥才面君。

【美食】
二〇二一年三月十五日

柴沟堡熏肉
香柏熏制柴沟肉，
皮烂肉嫩香可口。
慈禧亲点为贡品，
远销海外五大洲。

【注释】

①天河山：位于河北省邢台市西边太行山上。此地水源丰沛，林木葱茏，是著名的"太行水乡"。这里植被丰茂，牛羊成群，被称为"云顶草原"。传说牛郎织女的故事就发源此地。牛郎织女在天河两边，每年只能在七月七日鹊桥相会。

苍岩山①
二〇二一年元月二十五日

【美景】

群峰巍峨石嶙峋，
翠林碧湖谷幽静。
千年古刹奇壮观，
三山奇秀能览尽。
殿堂楼院依山建，
藏经楼内藏佛经。
公主②削发入佛门，
叩拜诵经六十春。

桥楼殿

桥楼殿架峭壁间，
俯首深渊仰视天。
三尊大佛坐金殿，
疑似天堂落人间。

古柏朝圣③

崖上千年柏树林，

千姿百态倒侧挺。

不分南北中东西，

一致倾向朝祠生。

峭壁嵌珠

崖嵌黑石悬殿顶，

山洪临石无踪影。

游客称其"避水珠"，

昔人视之为山灵。

玉皇顶

耸入云霄一绝顶，

麦浪波涌田数顷。

桃红柳绿绕仙居，

隐居仙界"外星人"。

炉峰夕照

半崖耸立"石香炉"，

恰好正对公主楼。

夕照炉峰"三香"明，

感恩公主三叩首。

【美食】
二〇二一年二月二十日

牛肉罩饼

牛肉肥嫩色红润，

百年老汤配葱饼。

越嚼越香味鲜美，

嘉庆吃后赞不停。

金凤扒鸡

扒鸡传承巧工艺，

百年秘制配方奇。

色泽金黄透红亮，

肉质松软香扑鼻。

【注释】

①苍岩山：位于河北省石家庄附近井陉县境内，是国家重点风景名胜区。桥楼殿、古柏朝圣、峭壁嵌珠、玉皇顶、炉峰夕照等为其主要景点。

②公主：是指隋朝南阳公主。她在此出家为尼，度过了62年，在此为民做了许多好事，为了纪念她，在此修有南阳公主祠。

③古柏朝圣：柏树一致朝向公主祠生长。"石香炉"也正对公主祠。

湖南省

衡山①
二〇二〇年十一月七日

【美景】

盘古左手变衡山，
秤量帝王道德观。
农耕文明得改良，
贤赐祝融"火正官"②。

嫘祖妃子创"养织"③，
种稻造纸末耜源。
五谷丰登人丁旺，
南岳圣帝④功德赞。

【特产】
二〇二一年三月二十八日

九龙李
果实较大像心脏，
味甜多汁有芳香。

南岳云雾茶

秀丽多毫翠绿嫩，

鲜爽醇厚香浓润。

净化血管利心脏，

预防衰老能抗菌。

降低血脂防口臭，

早在唐朝成贡品。

【注释】

①衡山：位于湖南省衡阳市，传说是盘古的左手变成的。此山横亘云梦山与九嶷山之间，像一杆秤一样，可秤天地重量，衡量帝王的道德好坏，所以叫衡山。

②火正官：是指火神祝融。由于他用火战胜了蚩尤，立了大功，黄帝就任命他为管火的"火正官"。

③养织：是指黄帝妃子嫘祖发明了养蚕和纺织。

④南岳圣帝：是指祝融。他在南岳任镇守官时，教百姓用火吃熟食、照明、驱蚊等，使该地区五谷丰登，人丁兴旺，深受老百姓尊敬。他死后，被埋在衡山最高峰，称其为祝融峰，并在山顶上建了一座祝融殿，尊其为南岳圣帝，永远纪念他的功德。

九嶷山①
二〇二〇年十二月二十二日

【美景】

舜源峰②

舜源居中"娥女"依，

八星拱月拥舜帝。

莽莽群山千帆竞，

万千峰峦朝九嶷。

三峰石③

三峰并峙入云霄，

盘托"香炉"与"仙桃"。

清泉喷涌如白练，

祭拜舜帝德仁孝。

【美食】
二〇二一年二月二十二日

腊肉

调料腌制五花肉，

两次烘焙无水留。

色泽金黄肉鲜美，

补肾养血可增寿。

九嶷血鸭

鸭肉调料入锅焖，

放入鸭血翻炒匀。

焦脆可口麻辣咸，

九嶷血鸭世闻名。

【注释】

①九嶷山：位于湖南省永州市宁远县九嶷山瑶族乡，是国家级风景名胜区。

②舜源峰：是九嶷山的主峰，处于中间位置，周围有娥皇峰、女英峰等八个山峰簇拥着舜源峰。娥皇峰与女英峰紧紧依偎在两旁。娥皇与女英是舜帝的两个妃子。

③三峰石：是九嶷山的最高峰。相传舜帝醉酒将酒壶遗忘在山峰上。恰巧有一只大鹏飞临此地，见石壶用尖嘴一啄，石壶分成三块，化作三峰石。壶中玉液化成了长流不息的泉水。三峰石上还有香炉石、仙桃石等。

天子山①
二〇二〇年十二月二十九日

【美景】

神堂湾

层峦叠嶂幽谷深,

一潭清水绿莹莹。

阴风嗖嗖雾雨霏,

隐听人喊马嘶声。

天然岩壁

千米岩壁映奇景,

形如折扇抱石林。

游览小道绕岩过,

一弯一景醉游人。

神兵聚会

百座山峰如神兵,

威武列队来听令。

向王天子把令下,

浩浩汤汤欲出征。

【美食】
二〇二一年二月二十六日

三下锅

腊肉豆腐胡萝卜，

一锅炖熟成大补。

糖油粑粑

糯米粉搓成圆饼，

蘸糖入锅油煎成。

油光发亮美滋味，

提神饱肚精旺盛。

【注释】

①天子山：位于湖南省张家界市武陵源风景区。明初，因土
家族领袖向大坤自号"向王天子"而得名。

岳麓山①
二○二一年元月三日

【美景】

云麓宫立麓峰顶，
道教殿竖神三尊②。
韩愈寻访禹王碑③，
岳麓禹碑成模本。
"四大书院"④有岳麓，
湘江文明得传承。

【美食】
二○二一年三月四日

麻辣鸡
色泽红亮麻辣香，
提高免疫体能强。
预防疾病降血压，
湘乡翰林常品尝。

葱油粑粑

葱油粑粑色金黄，

酥脆绵软带葱香。

葱油粑粑当饭吃，

实秋⑤高度加赞扬。

【注释】

①岳麓山：位于湖南省长沙市岳麓区。

②神三尊：是指道教的三清殿中立的三尊神像。

③禹王碑：全国有十几处禹王碑，都模仿此处的模本。

④四大书院：是指中国古代四大书院——岳麓书院、白鹿洞书院、嵩阳书院、应天书院。

⑤实秋：实秋是指梁实秋，他说吃葱油粑粑不要菜。

武陵源

二〇二一年元月二十七日

【美景】

黄石寨①

"闺门初开"黄石寨，

六大奇观入眼来。

定海神针变五峰，

天书宝匣窃忘盖。

南天一柱冲天立，

黄狮寨顶"摘星台"。

黑枞垴生原始林，

天桥墩渡袁家界。

十里画廊

老人招手迎嘉宾，

仙女出洞来欢迎。

猕猴跳跃四五群，

十九仙女拜观音。

孤峰天造两面神，

采药老人栩栩生。

海螺吹响迎宾号，

邻居黄龙也舞腾。

【注释】

①黄石寨：是武陵源的主要景点。入口处有一大圆门，人称张家界是"养在深闺人未识"的美女，故称此景点为"闺门初开"。定海神针、天书宝匣、十里画廊等为该景区的重要自然形成的景观。

湖北省

武当山①

二〇二〇年十月十二日

【美景】

亘古无双一仙山，
一峰擎天众峰环。
崖涧洞泉如星布，
殿堂阁亭依山转。

二龙戏珠拥神坛，
榫卯石雕绝精湛。
天赐玄岳张三丰，
道家求仙圣境园。

【特产】

榔梅

标志特产榔梅果，
金相玉质营养多。
桃核杏形味酸甜，
清神下气又止渴。

【注释】

①武当山：道教圣地，位于湖北省十堰市丹江口境内，古有"太岳""玄岳"之称。

恩施大峡谷①

二〇二一年二月五日

【美景】

清江升白云

清江河谷特色浓，

云海腾飞如巨龙。

蜿蜒曲折延百里，

形态丰腴胜美容。

绝壁环峰丛

绝壁四面陷丛峰，

四面绝壁环峰丛。

喀斯特地绝无有，

唯有沐抚两相逢。

天桥连洞群

洞穴群落峡谷中，

天桥匹配洞相通。

热风冷风隔壁出，

烟雾缭绕群山峰。

地缝接飞瀑

怪石遍布河地缝，
两岸众瀑泻其中。
古木苍翠泉水流，
心旷神怡乐无穷。

暗河配竖井

世界之最暗河流，
百座竖井河上留。
如似新疆坎儿井，
壮观罕见誉九州。

【美食】

合渣

花生豆渣为底料，
猪肉牛肉一锅熬。
标配凉菜几小碟，
口味丰美乐逍遥。

腊肉

挑选腊肉煤炉烧，
滋滋流油开水泡。
洁球肉面拼命擦，
皮黄肉鲜腊肉好。

宜红茶

条索秀丽宜红茶，
色泽乌润品质佳。
滋味醇厚香气纯，
远销国外称奇葩。

榨广椒

辣椒末和玉米面，
加盐拌匀倒坛腌。
色泽微红酸醇香，
用作拌料美味鲜。

富硒绿茶

世界硒都种绿茶，
茶叶富含硒量大。
降压降脂益处多，
利民富民产业化。

【注释】

①恩施大峡谷：位于湖北省恩施地区，是国家5A级旅游景
区，拥有世界地质奇观——"东方科罗拉多"之美誉。

山东省

青云山①

二〇二〇年十二月二十三日

【美景】

海眼井

两泉并列只几米，

旱不涸，涝不溢。

幽深清澈如双眼，

传说龙王来探秘。

琴治

单父县官宓子贱，

终日弹琴不上殿。

单父大治传佳话，

清官能吏不多言。

【美食】

火烧豆荚

中秋饱满田埂豆，

坪上架火挂烧熟。

剥皮入嘴细品尝，

独特风味美味留。

佛跳墙[2]

分别精制原料群，

汇入锅中文火炖。

富含营养促发育，

延缓衰老是佳品。

【注释】

①青云山：位于山东省安丘市，是国家4A旅游景区。

②佛跳墙：该菜由几十种原料制成，先将原料适当组合制成配料群，然后再汇总制作。

梁山①

二〇二一年元月五日

【美景】

断金亭

断金人上断金亭，
聚义会入聚义厅。
英雄豪杰来聚会，
江山秀色满亭春。

黑风口

溢香十里杏花酒，
诱倒李逵黑风口。
负荆请罪得宽恕，
忠贞不渝险关守。

【美食】

二〇二一年三月五日

糟鱼

糟鱼创制三百年，

色味俱佳价格廉。

饮酒吃鱼谈天地，

逍遥自在赛神仙。

扒团鱼

宴筵名菜扒团鱼，

营养丰富多滋补。

养颜护肤抗氧化，

增强免疫降血脂。

【注释】

①梁山：位于山东省济宁市梁山县境内，是国家4A旅游景区。断金亭、黑风口是其主要景点。

香山①
二〇二一年元月六日

【美景】

九天大峡谷②
临登九天大峡谷，
奇石翠林流泉瀑。
空气清新众鸟鸣，
好像登天会仙女。

槐花谷
雪白槐花挂枝头，
香雪似海影扶疏。
阵阵清香让人醉，
如临瑶池仙境游。

【美食】

陈楼糖瓜

陈楼糖瓜一百年，

香气四溢黏又甜。

小年供奉灶王爷，

上天汇报好事言。

太妃糖

机械搅拌烘烤成，

味道香甜软糖心。

润燥生津促生长，

提供人体高热能。

【注释】

①香山：位于山东省莱芜市，是国际旅游度假区。

②九天大峡谷：因为古人把天分为九重天，即中天、羡天、从天、更天、睟天、廓天、咸天、沈天、成天。大峡谷自下而上越走越高，越走越险，好像登天一样，故名九天大峡谷。

泰山①
二〇二〇年十一月四日

【美景】

日轮撩帐似宫灯，
三潭叠瀑喷流鸣。
云海霞光现奇观，
黄河金带波光粼。

"六朝遗相"揽银杏，
千檀千岁绕紫藤。
历代君臣登顶拜，
祈祷上天赐福民。

【美食】

煎饼

薄如白纸酥香脆，
丰腴大葱巧搭配。
口感筋道味十足，
有益牙齿和肠胃。

【注释】

①泰山：位于山东省泰安市中部，有"五岳之首""天下第一峰"之称。自秦始皇封禅泰山后，历代帝王不断在泰山封禅和祭祀。泰山日出、云海玉盘、晚霞夕照、黄河金带为泰山四大奇观。泰山的古树名木繁多：如"六朝遗相"、青檀千岁、宋朝银杏、百年紫藤等。

崂山①
二〇二〇年十二月五日

【美景】

三大奇观②峰云峦，
海上日出浮光艳。
波涛汹涌八仙墩③，
玉龙④喷雨洒潭涧。

白云洞上盘"蟠龙"⑤，
那罗延窟⑥炼神仙。
狮子⑦横卧云雾中，
斜阳难舍下山间。

【特产】

崂山绿石
质地细密莹润泽，
透明绚丽翠绿色。
陈列厅堂供欣赏，
山水纹理如水墨。

金钩海米

金钩海米肉细嫩，

营养丰富味鲜醇。

缓解疲劳添活力，

增强体力促再生。

北宅樱桃

"水果钻石"大樱桃，

营养价值非凡高。

富含花仙"三色素"，

能抗氧化和衰老。

（樱桃被誉为水果中的钻石，富含花色素、花青素、红色素）

【注释】

①崂山：位于山东省青岛市崂山区境内，是我国沿海名山之一，是道教名山。

②三大奇观：是指云海、旭照、彩球三大奇观。

③八仙墩：传说八仙过海时在此小憩，因此命名八仙墩。

④玉龙：指龙潭瀑又名玉龙瀑。

⑤蟠龙：指蟠松的枝像巨龙。

⑥那罗延窟：传说那罗延在此修炼成仙。

⑦狮子：指狮子峰。

山西省

恒山①
二○二○年十一月六日

【美景】

桃花杨柳交相映，
玉女②下凡修善行。
苍松隐露北岳庙③，
悬空寺悬巧奇景。

云阁虹桥架栈道，
峭崖翠顶羊游云。
倒骑毛驴④登仙处，
姑嫂化鸟⑤绕山鸣。

【美食】

刀削面
传统美食刀削面，
外滑内筋软不粘。
越嚼越香招人爱，
山西美食一名片。

【注释】

①恒山：位于山西省大同市浑源县，称北岳恒山。是道教主流全真派圣地。

②玉女：是指在王母娘娘蟠桃园工作的玉女，后来下凡到北岳，修行于恒山桃花洞，因喜欢桃花，人们称其为桃花仙女。善解疑难杂症，受百姓爱戴。

③北岳庙：是指恒山庙，于西峰之上，苍松之间，时隐时现。

④倒骑毛驴：是指倒骑毛驴的张果老，曾在恒山修过仙，并留下登山毛驴的脚印。

⑤姑嫂化鸟：美少女不愿嫁给县太爷少爷，被逼投崖。其嫂满山寻找，不幸失足落崖。二人的事迹感动北岳山神，将少女化成百灵鸟，嫂嫂化成找姑鸟，日夜形影不离，绕山飞行，叫声不停。

山西紫金山^①

二〇二一年元月十五日

【美景】

高原平原分水岭，
绝壁陡峻峡万仞。
回望山西峰连天，
东瞰冀中平原景。

晋冀要塞兵必争，
张飞闯王留迹影。
"彩虹凌空"^②映红日，
"白虹贯日"^③老汉岭。

【美食】

麻峪豆腐

麻峪豆腐有名气，
颜色纯白质精细。
营养丰富味道美，
软而不脆誉晋西。

闻喜花馍

山西闻喜产花馍，

品种已达二百多。

好看能吃可观赏，

文化遗产名点歌。

过油肉

三晋一品过油肉，

地方特色很浓厚。

色泽金黄有醋香，

外软里嫩稍明油。

（三晋：战国时期的韩、赵、魏三国的合称，后演变为山西省别称）

【注释】

①山西紫金山：处于太行山中段断层边缘，是山西高原和华北平原的分水岭。此地有"张飞塞""闯王崖""老汉岭"等景点。

②彩虹凌空：此地云海的奇观。

③白虹贯日：此地云海的奇观。

五台山①

二〇二一年元月二十日

【美景】

五峰屹立围台怀②，
山顶无林称五台。
寺院塔阁布满山，
佛教圣地誉世界。

【美食】

莜面栲栳栳

传统美食莜面栲，
精工细做销售俏。
口感劲道形完美，
康熙品此也言好。

【注释】

①五台山：位于山西省忻州市五台县境内东北部，是5A级旅游景区，是中国十大名山之一，世界五大佛教圣地。

②台怀：是指台怀镇。五台山的五个山峰屹立在台怀镇的东南西北中。

北武当山①
二〇二一年二月一日

【美景】

气势雄伟植被茂，
真武大帝镇山头。
三面绝壁压群峰，
威风凛凛奇险秀。

修道武当成正果，
腾云驾雾北方游。
九十九次选行宫，
北武当山定汾州。

古猿望日
小猿叛逃入汾州，
欲占山头称王猴。
巧遇天神点化际，
真武大帝得山头。

不甘探头等时机，
被帝发现有阴谋。

举手一指变山石，
古猿望日从此留。

【美食】

柳林碗团

千年美食晋碗团，
香醇可口筋耐嚼。
常吃常新百不厌，
味道真美生意火。

【注释】

①北武当山：位于山西省方山县境内，系我国北方道教圣地
之一。

宁夏回族自治区

贺兰山①

二〇二一年元月三十日

【美景】

贺兰山岩画

沟口山体布岩画，

构图奇特形象佳。

动物植物人面像，

舞蹈杂技满山挂。

古琴台

琴仙飘然离台去，

琴弦落地变小溪。

清泉绕石蜿蜒流，

琴台琴声永不息。

【特产】

胡麻油

油质清澈芳香浓，

能抗衰老可美容。

贺兰山葡萄

独特气候土地沃，

香气色素全好阖。

酿酒葡萄基地园，

胜过法国波尔多。

【注释】

①贺兰山：位于宁夏回族自治区与内蒙古自治区交界处。贺兰山岩画、古琴台是其主要景点。

须弥山①
二〇二一年元月三十一日

【美景】

咸海环绕须弥山，
四大部洲四面环。
金银琉璃四大宝，
四大天王护山转。

香木繁茂花果盛，
香风四起奇鸟鸣。
三十三宫于山顶，
帝释天为护法神。

【注释】

①须弥山：指的是佛教中的须弥山。

江苏省

钟山①

二〇二〇年十二月三日

【美景】

钟山雄峙后湖东，
三峰相连如巨龙。
浑然一体山水城，
紫云萦绕郁葱葱。

英雄豪杰满山红，
文人墨客如泉涌。
名胜古迹似春笋，
六朝文化隐林中。

【美食】

盐水鸭

皮白肉嫩肥不腻，
香鲜味美微带咸。

状元豆

秦淮八绝状元豆，

咸甜软嫩醇爽口。

紫檀色泽富弹性，

趣味横生喷香留。

【注释】

①钟山：位于江苏省南京市玄武湖（后湖）东边，是六朝古都，是历史文化圣地，是国家重点风景名胜区。

金山①

二〇二一年元月二日

【美景】

江心芙蓉回南岸，
盛行骑驴上金山。
东坡②起舞妙高台，
留云亭内琵琶弹。

神仙洞③沿山壁嵌，
亭台楼阁依山转。
慈寿塔立金山顶，
层层风光寺裹山。

【美食】

肴肉④

光滑透明水晶肴，
嫣红鲜嫩奇香绕。
活血润肤填肾精，
醉倒八仙张果老。

锅盖面

面锅里面锅盖漂,

八十佐料一锅熬。

面条劲道韧性好,

乾隆见了也惊叫。

茅山老鹅

本地草鹅精制成,

风味独特肉鲜嫩。

营养丰富利健康,

补虚益气暖生津。

【注释】

①金山:地处江苏省镇江市区西北部,原是扬子江中的一个岛屿,被称为"江心一芙蓉"。后因江中泥沙堆积,与江南岸连在一起了。

②东坡:指苏东坡,据说他在金山妙高台饮酒起舞过。

③神仙洞:指金山山壁上的白龙洞、古仙人洞、法海洞。

④肴肉:传说王母请张果老参加蟠桃盛会,路经镇江,闻到肴肉香味,连忙下驴去店中吃肴肉,赞不绝口,竟忘了参加蟠桃会。

紫金山①
二〇二一年元月十四日

【美景】

梅花山

四大梅园②尔为首，
品种奇特芳香流。
内外游人接踵来，
梅花文化誉九州。

三绝碑

唐贤三绝③于一碑，
乾隆手书示赞美。
梁代名僧志公殿，
亘古无双世永垂。

紫金山

虎踞龙盘江南岸，
镇守吴越北门关。
六朝古都呈盛世，
城中人文第一山。

【美食】

南京板鸭

盐卤腌制风干成，
肉质紧致又细嫩。
体肥饱满色香美，
回味无穷成贡品。

尹氏鸡汁汤包

高汤胶质拌馅里，
皮薄如纸能提起。
尹氏鸡汁灌汤包，
鲜美奇香满嘴溢。

【注释】

①紫金山：在江苏省南京市，是5A级旅游景区。

②四大梅园：上海淀山湖梅园、无锡梅园、武汉东湖磨山梅园、南京梅花山梅园。

③唐贤三绝：唐代画家吴道子、大诗人李白、大书法家颜真卿。

甘肃省

崆峒山①
二〇二〇年十二月十四日

【美景】

真假崆峒山

崆峒工程原女娲，

鬼斧神工气磅礴。

天下崆峒有五处，

是真是假看玄鹤。

玄鹤洞

玄鹤②翱翔崆峒间，

待人接客带表演。

自古传说多奇禽，

为何如今却难见。

黄帝问道

中华祖先姬轩辕③，

创造桑文音算船。

求贤惠民赴崆峒，

不耻下问道教传。

【美食】

核桃香酥饼

崆峒核桃香酥饼，
唐代肃宗奇想成。
传统工艺巧配制，
核桃蜂蜜山药粉。

滋补益脑健脾肾，
酥脆香甜味道好。
入口即化老少宜，
孝敬老人是佳品。

【注释】

①崆峒山：位于甘肃省平凉市西，是道教流传地。传说是女娲补天剩下的五彩石。

②玄鹤：传说是广成子的两个徒弟幻化而成。传说他们住在玄鹤洞中，当游客上山时，他们就从洞中飞出来表演，以示欢迎。

③姬轩辕：黄帝姓姬名轩辕。是他为中华民族创造了蚕桑、文字、音律、算数、车船等。曾到崆峒山求教广成子"至道"惠民的理论。

麦积山①
二〇二〇年十二月八日

【美景】

丹霞地貌如麦垛，
悬崖置屋藏雕塑。
苍松流泉互映衬，
烟雨缭绕万佛阁。

香积洞如水晶宫，
天池坪峰气磅礴。
奇异磁场引客来，
观景游人如穿梭。

【美食】

天水呱呱

呱呱美味醉人意，

不可一日将君弃。

富含蛋白纤维素，

营养价值可不低。

【注释】

①麦积山：位于甘肃省天水市，是中国国家自然与文化双遗产，国家重点文物保护单位，国家级森林公园，国家级地质公园，国家5A级旅游景区。

陕西省

华山①

二〇二〇年十一月五日

【美景】

华山之名原《禹贡》②，
　远望如花与华通。
　中华文明中心带，
　轩辕大帝会仙宫。

　五峰③难数石亭洞，
　神话故事述无穷。
　老君犁沟④达仙境，
　华山孕育中华龙。

【注释】

①华山：位于陕西省渭南市华阴市，自古以来有"奇险天下第一山"之说。处于中华中心地带，传说是轩辕黄帝会见众仙地方。华山是华夏之根，孕育中华民族。

②禹贡：华山之名最早出于《禹贡》和《山海经》中。远望华山如一朵花，古时"花"与"华"相通，故称华山。

③五峰：华山主要山峰有东、南、西、北、中五峰构成。

④老君犁沟：位于群仙观上方，传说此处原来没有路，是老子李耳驾青牛用铁犁开出来的，形如耕地留下的犁沟，所以叫老君犁沟。当初人们上山就是从此沟爬上去的。

骊山①
二〇二〇年十二月六日

【美景】

神鬼大战②骊山头，
天破地陷毁绿洲。
骊山老母③补天地，
拯救众生繁衍育。

幽王烽火戏诸侯，
褒姒一笑失西周。
唐皇贵妃连理枝，
华清池④内余香留。

【特产】

潼临甜瓜

清香袭人名香瓜，
特甜脆嫩质极佳。
消热解毒利小便，
保护肝肾要吃它。

【注释】

①骊山：美如锦绣，故称"绣岭"。

②神鬼大战：指祝融与共工之战。

③骊山老母：指女娲。

④华清池：杨贵妃洗澡的地方。

辽宁省

凤凰山^①

二〇二一年元月二十三日

【美景】

气势雄伟凤凰山，
佛教名山史籍传。
翠峰林茂瀑泉流，
十大景观依山环。

过洞越石巧跨潭，
山高路险崖难攀。
险幽奇秀于一体，
"中国历险第一山"。

【美食】

朝鲜打糕

蒸熟糯米捶打成，

筋道清香黏甜润。

补血养胃效果好，

朝鲜节日必备品。

【注释】

①凤凰山：位于辽宁省凤城市东南部，是观光旅游、文化交流、度假为一体的国家重点风景名胜区，被誉为"中国历险第一山"。

医巫闾山①
二〇二一年元月二十九日

【美景】

闾山

富丽堂皇亭楼台，
星罗棋布碑摩崖。
历史悠久博精深，
奇特风光显百态。

烟云缭绕古殿堂，
梨花巧构香雪海。
历代帝王临山祭，
声名威震海内外。

葡萄之乡

鲜储葡萄大基地，
全国储量数第一。
果实形好糖分高，
架销储销高产出。

【美食】

沟帮子熏鸡

医巫闾山帮子鸡，
味道芳香肉质细。
熏鸡色泽红明亮，
独特美味烂连丝。

【注释】

①医巫闾山：是北方重要旅游景区。北宁市是中国葡萄
之乡。

千山①
二〇二〇年十二月四日

【美景】

千山风光旖旎秀，
峰海松涛满山绿。
群山秀丽似莲花，
弥勒大佛②天造就。

蟠龙③盘旋雾中游，
精美石头来伴奏。
莫道千山纬度高，
胜过五岳美奇幽。

【特产】

南果梨
富含素苷氨基酸，
解毒润肺带化痰。

【注释】

①千山：位于辽宁省鞍山市东南，是中国重点风景名胜景区。

②弥勒大佛：该佛像是天然形成，非常逼真，没有人工雕刻的一丝痕迹。

③蟠龙：是指蟠龙松。该松已有一千多年历史，其上有八个分枝，宛如八条巨龙盘旋欲飞的样子。

新疆维吾尔自治区

天山①

二〇二〇年十二月八日

【美景】

天山天池天造就，
王母娘娘尽风流。
历代君王思圣果，
顶礼膜拜尽兴游。

云杉如塔镇山头，
十万罗汉把门守。
雪山碧水映成趣，
旅游避暑乐悠悠。

【特产】

天山雪莲

天山雪莲百草王，
药中极品誉四方。
强筋活血有奇效，
食用雪莲成时尚。

【注释】

①天山：是世界自然遗产、国际人与自然生物圈保护区。天山上有一个天池（瑶池），传说王母曾在此开过"瑶池盛会"。

青海省

昆仑山①
二〇二一年二月六日

【美景】

西王母瑶池
湖水粼粼清澈亮，
水鸟云集湖面翔。
水草丰美长湖畔，
牦牛黄羊好牧场。
金风送爽瑞气腾，
王母瑶池昆仑藏。

昆仑神泉
四季不冻冷神泉，
天宫玉酿洒人间。
形如蘑菇地上涌，
晶莹剔透无声溅。

泉水清澈流不尽，
洁净醇美又甘甜。
微量元素含多种，
人间圣水神矿泉。

察尔汗盐湖

多条内流入此湖，
蕴藏丰富无机物。
水分蒸发成盐桥，
存载铁路渡西域。

【特产】

藏毯

精良制作名藏毯，
宗教特色美图案。
浓重华贵带素雅，
艺术精品世代传。

【注释】

①昆仑山：位于青海省格尔木市，西王母瑶池、昆仑神泉、
察尔汗盐湖为其主要景点。

祁连山①
二〇二一年元月三十一日

【美景】

牛心山

四周地形八宝相，

祁连神山尔称王。

山体底部麦浪滚，

高原河谷菜花香。

绿草如茵满山坡，

祁连山下好牧场。

山腰丛生灌木丛，

翠绿林海好风光。

峰顶积雪终不化，

四季美景挂山上。

卓尔山

红润皇后卓尔山，

隔河相望情侣伴。

山脚滔滔八宝河，

好似哈达绕山转。

护佑祁连山山水，

情深义重守两岸。

【特产】

青稞酒

五大独特②精酿成，
清香醇厚甜爽净。
酒林奇葩四百年，
营养成分未数清。

祁连黄蘑菇

个大肉厚水分少，
形如铁钉品质好。
口感鲜嫩美味香，
炫彩多姿隐壑崖。

【注释】

①祁连山：位于青海与甘肃两省。牛心山、卓尔山是其主要
景点。

②五大独特：是指地理环境、酿酒原料、大曲配料、制酒工
艺、产品风格。

贵州省

雷公山①

二〇二〇年十二月十七日

【美景】

秃杉

"万木之王"有秃杉，

高大挺拔过冰川。

珍稀物种榜有名，

天然化石美名传。

天书

阴刻碑文无人识，

流传孔明计谋施。

残缺文字二十八，

神秘雷公成"天书"。

八卦林

山峦起伏林谷深，

进入犹走八卦阵。

东西南北难分辨，

不知回路少人进。

佛光

气候湿润少差异，
终年多雾绕山体。
阳光折射显佛光，
海市蜃楼幻景奇。

睡莲池

九座山峰如莲瓣，
中有花蕊一小山。
松柏丛生溪水流，
好似莲花睡池塘。

【美食】

秘制烧排骨

猪排洗净沸水焯，
油锅放入姜蒜炒。
加入排骨甜面酱，
炒至充分入味道。

放水加入浓汤宝，
标配佐料炖煮熬。
排骨酥烂色金红，
适合秋季来补膘。

天麻炖土鸡

野生天麻炖土鸡，

营养丰富特好吃。

抗惊厥，增智能，

平肝益气利腰膝。

【注释】

①雷公山：位于贵州省东南部，是国家自然保护区。秃杉、天书、佛光为雷公山风景区三绝，八卦林、睡莲池为景区奇特景观。

云南省

玉龙雪山①

二〇二〇年十二月六日

【美景】

孪生兄弟斗旱魔，
汗水流成黑白河。
二人融化多雪山，
从此绿荫染沙漠。

雪峰背衬蓝月谷，
干海遥变草甸窝。
莺歌燕舞云杉坪，
引来三姐唱山歌。

【特产】

华坪杧果

色泽鲜艳风味浓，
润肠通便促蠕动。
富含多种维生素，
增强免疫显神通。

【注释】

①玉龙雪山：位于云南省丽江市境内，是5A级旅游景区。传说很早以前，此地是沙土，旱魔称霸。后来有一孪生兄弟与旱魔战斗，为民除害。兄弟俩的汗水流成了黑水河和白水河，兄长变成十三座雪峰，弟弟变成哈巴雪山。从此此地就变成具有雪山背景的绿洲。

重庆市

桃花源①
二〇二一年元月二十六日

【美景】

世传两处桃花源，
　宅地皆邻武陵山。
题匾均为"桃花源"，
　谁是正宗很难判。

水生西游"酉阳源"，
　桃花好感结情缘。
何需分辨实一体，
　山东山西各一半。

【美食】

麻旺鸭

"国宝"资源麻旺鸭，

肉质细嫩滋补大。

美味名菜作主料，

软化血管降血压。

【注释】

①桃花源：湖南省常德市和重庆市酉阳各有一处桃花源。一个在武陵山的东边，一个在武陵山的西边。陶渊明所著《桃花源记》中的男主角水生曾偷渡到酉阳，被女主角酉阳的桃花一见钟情。

缙云山^①

二〇二〇年十二月八日

【美景】

九峰挺立雄秀奇,
满山苍翠丛林密。
迦叶佛^②祖念道场,
弘扬佛学一净地。
清澈碧湖水如黛,
雄狮^③相对香炉西。

【特产】

缙云茶

嫩叶嫩枝蒸炒成,
汤色碧绿气味醇。
富含营养氨基酸,
缓解疲劳能抗菌。

【注释】

①缙云山：位于重庆市北碚区，是国家级自然风景名胜区。

②迦叶佛：在缙云寺内供奉有迦叶佛塑像。

③雄狮：指雄狮峰，它与香炉峰相对。

天津市

盘山①

二〇二〇年十二月二十六日

【美景】

表封亭候田不受,
坚持隐居盘山沟。
三盘②暮雨显奇观,
怪石奇松盖山头。

文人墨客书不尽,
帝王将相忘了走。
早知盘山如此美,
何必当初江南游。

【特产】

十八沟红果

红果种植几百年,
果实大,色泽艳。
消食健胃促消化,
活血化瘀味道鲜。

天津板栗

富含淀粉和铁磷，

栗中珍品味道绝。

补肾强筋健脾胃，

延年益寿成佳珍。

红花峪桑葚

果实饱满颗粒大，

甜软清香入口化。

【注释】

①盘山：有"京东第一山"之誉。相传东汉末年，名士田畴不受献帝封赏，隐居于此。因此人称田盘山，简称盘山。曹操北伐乌桓时，田畴当向导有功，封他为侯，他也不受，隐居盘山。

②三盘：指上盘、中盘、下盘。上盘以松取胜，中盘以石取胜，下盘以水取胜。风景独特，灵秀壮美。

内蒙古自治区

阿尔山①
二〇二一年元月七日

【美景】

火山天池

天然火山博物馆,
遗迹池泉熔岩山。
高山之巅嵌天池,
引人入胜科考探。

三潭②峡

灵秀奇美三潭峡,
清泉涓涓绕山崖。
密林深处掩瑰宝,
藏牛卧虎悦心怀。

杜鹃湖

湖畔满山粉杜鹃,
水草丰美栖鸟群。
云彩花草映成影,
水天一体奇幻景。

【美食】

哲罗鱼

哲罗鱼肉质白嫩，
美食珍馐唯绝伦。
唇齿留香味悠长，
曾是皇室一贡品。

炸野菜丸子

野菜丸子似元宵，
营养丰富美佳肴。

【注释】

①阿尔山：位于内蒙古自治区东北部，横跨大兴安岭西南山
麓，是一处旅游疗养地。这里分布着世界上第二大矿泉群。
②三潭：指峡谷中的卧牛潭、虎石潭、悦心潭。

大兴安岭①

二〇二一年元月十九日

【美景】

漠河北极村

神州北极静清新，
古风淳朴景宜人。
江水晶莹曲折流，
山风送爽原始林。

古迹遗址满丘陵，
两岸飘溢异国情。
观赏极光绝佳处，
慈禧太后留魅影。

大兴安岭

林莽苍苍山叠嶂，
雄浑疆域大粗犷。
积翠森林巍巍岭，
千山万壑奔流淌。

瓢舀鱼，棒打獐，

山珍野味凭你尝。
古朴自然无污染，
美丽富饶胜南疆。

画山

刀削斧劈立江岸，
五颜六色成半园。
成群石燕山腰旋，
好似卫士巡逻转。

远眺如画挂江边，
近观好似国门栏。
大气磅礴"油画山"，
张扬中华自豪感。

【美食】

野生蓝莓

美丽悦目蓝色果，
酸甜可口营养多。

熘肥肠

逢年过节熘肥肠，
肠肥软烂味浓香。

栗子黄炖鸡

栗子黄炖童子鸡，

色泽金黄口感腻。

鸡肉嫩烂栗子酥，

补虚健肾皆受益。

【注释】

①大兴安岭：位于内蒙古自治区东北部，黑龙江省西北部，
是中国保存较好的、面积最大的原始森林地带。

吉林省

长白山①
二〇二〇年十二月三十一日

【美景】

天池

山顶一湖环群峰，

波光峦影映水中。

无源之水流不息，

传说湖底潜巨龙。

白云峰

凝思冥想白云峰，

终日隐匿云霄中。

默默无语羞于面，

祥云为纱掩面容。

聚龙泉

地下温泉吐河谷，

犹如群龙喷水珠。

热水富含硫钙镁，

五光十色第一泉。

【美食】

锅包肉

肉片糊粉炸金黄，
糖醋佐料爆肉香。
色泽金黄味酸甜，
非遗美食美名扬。

杀猪菜

猪肉骨头开水焯，
高压锅内骨头熬。
配料猪肉骨汤炖，
多种菜品养血好。

【注释】

①长白山：位于吉林省安图县，是国家5A旅游景区，是中华十大名山之一。天池、白云峰、聚龙泉是该景区主要景点。

西藏自治区

冈仁波齐山①

二〇二一年元月十八日

【美景】

四壁对称成塔形，
冰雪覆盖圆冠顶。
云绕日照显佛光，
诸教始祖成中心。

【美食】

酥油茶

砖茶食盐水煮沸，
加入酥油入茶壶。
奶香茶香混合体，
延缓衰老寒毒祛。

糌粑

青稞炒熟磨成粉，
酥油奶渣拌均匀。
营养丰富高热量，
降压充饥御寒冷。

蕨麻猪肉

配料翻炒五花肉，

加水煮至软糯熟。

氨基酸含十八种，

文成公主品不够。

【注释】

①冈仁波齐山：位于西藏自治区阿里地区普兰县。

广东省

白云山①
二〇二〇年十二月十五日

【美景】

鸿鹄楼

号称云山第一楼，

可比黄鹤雄浑秀。

展翅欲飞云上游，

志向远大誉九州。

滟湖

彩虹横跨蝴蝶湖，

荧光湖映欧式屋。

湖水清澈如明镜，

婚纱摄影最佳处。

九龙泉②

九条彩龙腾飞走，

冒出泉水奔涌流。

水质清澈冽甘甜，

茶客钟爱喜上口。

九龙壁上龙戏水，
鱼虾龟兵水中游。
远去九龙又归来，
循环喷水出龙口。

双溪寺③

托梦长老五色土，
挖通便有泉水流。
两支泉水绕寺下，
双溪二字门上留。

【美食】

豆腐花

泉水酿制豆腐花，
细腻香甜嫩又滑。
吃了一碗想两碗，
爬山就是为吃它。

猪红汤

猪血切片开水烫，
标配佐料烧成汤。
富含蛋白铁磷钙，
补血解毒带清肠。

【注释】

①白云山：位于广州市中北部，是国家5A级景区。

②九龙泉：相传秦代时，山上并没有泉眼。有一天，山上忽然出现九个童子在一起玩耍，一会儿，九个童子化成九条彩龙飞走了。就在九童子出现的地方，冒出了泉眼，泉水奔流。因此得名"九龙泉"。后来人们在此修了九龙壁和九条龙循环喷水，好似远去的九条龙又回来了。

③双溪寺：初建双溪寺时，是没有泉水的。是郑仙托梦寺中长老，到后山挖井，如能见到五色土，挖通了就有水了，后果真如此。

神山①

二〇二〇年十二月二十七日

【美景】

红叶池映冠书院，
峰壑峭立溯杏坛。
玉洞含烟寒泉涌，
烹茶敬客无不赞。
"仙眠床"上置石枕，
通仙岩上留脚印。
凌云阁祀魁星帝，
神山庵壁挂观音。

【特产】

乌酥杨梅

色泽紫红鲜亮匀，
果肉酥脆近球形。
富含铁质维生素，
生津止渴解恶心。

【注释】

①神山：位于广东省汕头市澄海区。神山不高，古迹众多，
风景秀丽，是澄海八景之一。

丹霞山①
二〇二〇年十二月二十八日

【特产】

丹霞柚

丹霞山柚秋末熟，

叶翼舒展大而厚。

果肉甘甜又清香，

可比广西沙田柚。

丹霞白毛茶

三大白茶尔居首，

口味甘甜汤清秀。

生津止渴能开胃，

醒脑降压可益寿。

丹霞香菇

丹霞香菇肉嫩厚，

营养丰富爽滑口。

丹霞山坑螺

体积小巧呈锥形，

鸡汤喂养肥鲜嫩。

添料爆炒控火候，

鲜美爽口成极品。

【注释】

①丹霞山：位于广东省韶关市仁化县境内，是以丹霞地貌景观为主的风景区，是世界自然遗产保护区。丹霞柚、丹霞白毛茶、丹霞香菇、丹霞山坑螺为该地区特产。

罗浮山①
二〇二一年元月二十一日

【美景】

蓬岛浮来罗浮山，
峻拔雄奇立江岸。
云雾缭绕风移动，
好似群峰浮海中。

山山飞瀑处处泉，
盛产荔枝柑龙眼。
唐皇命名御园柑，
荔枝醉倒杨玉环。

【美食】

土窑鸡

野外挖窑焖肉鸡，
富含蛋白土香气。
滋阴补阳益延寿，
人气美味老少宜。

【注释】

①罗浮山：位于广东省博罗县东江之滨。传说罗浮山是由浮山（蓬莱山）在洪水泛海浮到罗山与其合并而成。有大小山峰四百多座，瀑泉九百多处。此地盛产荔枝、柑橘、龙眼等特产。山僧曾以柑橘作为贡品献给唐皇，被皇上命名为御园柑。传说杨贵妃爱吃的荔枝也是从此地运入皇宫的。

太华山①

二〇二一年元月二十三日

【美景】

三尉②尽忠抗清兵，
血染华山受民敬。
英灵相奉太尉庙，
恩泽永留南粤君。

林海松涛听鸟鸣，
野花芳草如毯茵。
凭吊太尉人潮涌，
钟鼓齐鸣报太平。

【美食】

荷香叫花鸡

鸡腿一抖骨肉分，
五香味纯肉细嫩。
高蛋白，低脂肪，
绿色健康馈赠品。

杨桃鸭

杨桃炖鸭香酸甜，

生津止渴利小便。

【注释】

①太华山：是广东省信宜市名山之一，已成海内外同胞观光旅游胜地。

②三尉：据说明亡时，甘、甄、陶三太尉在太华山率部抗击清兵至全军阵亡。当地民众为了纪念他们，在此山修建太尉庙。在寺庙两侧有两座小山丘对峙，后来在上面建有"天下第一鼓"和"南国第一钟"。

西樵山①

二〇二一年元月二十四日

【美景】

翠岩谷

翠岩谷邻碧云峰，

两面峭壁谷青葱。

龙须瀑泻成小谭，

听瀑楼嵌于崖中。

崖侧有道通玲珑，

观赏诗作与画风。

绕瀑水，登碧云，

泉歌不绝花木茏。

四方竹

观赏植物四方竹，

西樵山地仅特有。

茶园

唐代植茶西樵山，

种茶品茶成艺坛。

绿色茶果吊枝头，

好似灯笼挂林园。

无叶井

寒来暑往叶纷纷，

井面断无残叶存。

泉水甘冽终不歇，

因而得名无叶井。

桃花园

樵山桃花沿坡种，

每坡品种各不同。

桃花盛开景色美，

观赏品味自成风。

红的灿烂如红云，

白如雪花透晶莹。

清枝密伦②花仙子，

妩媚妖娆香袭人。

【美食】

西樵山大饼

西樵大饼史驰名，
洁白清香甜滑润。
花好月圆好意头，
嫁娶喜庆作礼品。

云雾茶

清香袭人云雾茶，
色淡味苦入口涩。

佛手瓜

西樵适种佛手瓜，
种瓜得瓜才发芽。
营养全面味清甜，
健脾开胃助消化。

桂花酒

世代酿造桂花酒，
香飘数里醇可口。

【注释】

①西樵山：是国家5A级旅游景区。翠岩谷、四方竹、茶园、无叶井、桃花园是景区主要景点。

②清枝密伦：是一种最为名贵的白桃花，是名副其实的桃花仙子。

鼎湖山①

二〇二〇年十一月十三日

【美景】

幽深林壑溪潺潺，
水帘洞伴天湖山。
阔叶原始森林带，
基因储存博物馆。

难见流泉姿百态，
能听飞瀑唱得欢。
九条金龙腾云来，
稳如磐石锁江山。

【特产】

肇实

颗粒大，药力强，

入药炖肉可煲汤。

滋阴补肾清热湿，

水生植物销售旺。

【注释】

①鼎湖山：位于广东省肇庆市。由于山顶上有一湖，原来叫天湖山，是岭南四大名山之一。是联合国教科文组织"人与生物圈"计划的保护区。联合国赠有"九龙宝鼎"一尊，鼎身和鼎足共铸有九条金龙，所以叫鼎湖山。

广西壮族自治区

象鼻山①
二〇二〇年十二月十八日

【美景】

象眼岩

南北两侧通古道，
恰似象眼奇微妙。
右眼远眺漓江帆，
左眼仰望城楼高。

水月洞

水月洞里江水流，
明月之夜泛小舟。
水底有月水上浮，
水月观景忘归宿。

【美食】

烧鹅

鹅肉佐料煸炒匀，
加水烧开小火焖。
低脂多含亚麻酸，

补中益气防炎症。

啤酒鱼

新鲜鱼块加佐料，

倒入啤酒炉上熬。

酸甜可口肉鲜嫩，

游客品尝都说好。

【注释】

①象鼻山：国家5A级旅游景区。水月洞、象眼岩是象鼻山主
要景点。

青秀山①
二〇二一年元月四日

【美景】

龙象塔

邕江畔立青秀山，
生态兰花满兰园。
龙象塔②上邀盟友，
汇聚东盟③国花坛。

瑶池湖

八仙浮雕聚湖边，
王母塑像立池间。
满山桃花映瑶池④，
好似升天自成仙。

【美食】

八仙粉

时鲜八味做成粉，
味道鲜美滑柔韧。
香酸脆甜咸适度，

好似八仙各显神。

柠檬鸭

柠檬鸭肉酸香辣，

镁铁锌硒钙磷钾。

汤鲜肉烂极开胃，

补阴止咳要吃鸭。

老友面

老友一碗面生情，

通窍醒食提精神。

酸辣咸香祛风寒，

安神益气又滋阴。

【注释】

①青秀山：位于南宁市中心，坐落在邕江畔，是5A级旅游景区。

②龙象塔：位于青秀山风景区凤翼岭上，是青秀山的象征。

③东盟：指东南亚十国联盟。

④瑶池：指人们在青秀山挖的两个湖，一个叫天池，一个叫瑶池。

月亮山①
二〇二一年元月二十二日

【美景】

大榕树

远眺绿色巨伞立，

近看盘根蟒绕蜥。

三姐阿牛定情处，

"风雨思君子"②传奇。

月亮山

山头圆洞两贯通，

酷似明月挂天空。

八百山道登"月宫"，

嫦娥玉兔隐宫中。

聚龙潭③

两步成景三步画，

动物画廊甲天下。

雄狮静坐猴子愁，

骆驼过江金龙游。

龙女迎宾水晶宫，
孔雀开屏银河峰。
蟠桃盛会邀贵妃，
群龙待客蛙鸣颂。

【美食】

十八酿

十八罗汉十八酿，
样样精彩美味香。
沁脾开胃荤不腻，
荤素搭配有秘方。

桂林米粉

鲤鱼传孝做米粉，
千年盛名誉桂林。
洁白细嫩滑爽口，
特味馋倒诸路神。

阳朔啤酒鱼

鲜活鲤鱼啤酒焖，
皮黄汁浓香酥嫩。
"奇山杯"赛得金奖，
堂堂正正游京城。

【注释】

①月亮山：位于阳朔县高田乡境内。

②风雨思君子：是画家徐悲鸿先生在此作的名画。

③聚龙潭：由黑岩、水岩组成，兼水陆之胜。岩外奇峰如神龙腾跃，岩内乳石多姿，似游龙戏水，故称聚龙潭。

八角寨①

二〇二一年元月九日

【美景】

八峰八方伸展开，
好像八龙探头来。
四周险崖山风号，
龙头香②溢八角寨。

红色群峰拔地起，
酷似巨鲸飞腾开。
云雾缥缈吞群山，
犹如群鲸闹云海。

【美食】

黄芪煨羊肉

黄芪羊肉煨成汤，
肉烂汁鲜味浓香。
抵御寒冷补脾胃，
利尿补气带温阳。

沙棘开口笑

精制沙棘开口笑，

维生素 C 含量高。

活血化瘀促循环，

美容养颜效果好。

【注释】

①八角寨：坐落于湘桂边陲，隶属广西壮族自治区资源县。此处有八个山峰向八个方向伸开，形似八条巨龙，故称八角寨。

②龙头香：由于八角寨山势险要，要到龙头处去烧香拜佛，没有诚心和胆量的人根本不敢去。

福建省

太姥山①

二〇二〇年十二月二十五日

【美景】

尧母开物播种蓝，
羽化成仙太姥山。
精雕塑像立山上，
叩拜许愿求平安。

太姥银针名海外，
汤香甘甜龙王馋。
东海诸仙常聚此，
"海上仙都"②不虚传。

【美食】

马蹄糕

标配糖水和椰浆，
定时分层蒸成糕。
富含蛋白铁钙磷，
清热解毒退发烧。

光饼

面粉牛奶揉成饼，
沾上芝麻烘烤成。
中间挖孔穿绳带，
便于携带送戚军。

【注释】

①太姥山：位于福建省东北部，三面临海，一面背山，挺立于东海之滨。相传尧母种植板蓝榨汁染布帛于山中，逢道士而羽化成仙，故名太母，后改称太姥。太姥山因此而得名。

②海上仙都：太姥山的白茶银针闻名于世，许多神仙常到此聚会，品茶聊天。此地被称为"海上仙都"。

清源山①

二〇二〇年十二月二十四日

【美景】

老君像②

略施雕琢石成像，
道教鼻祖坐山岗。
崇尚自然浑一体，
老子天下数第一。

虎乳泉

上石如壳下石砥，
中坼水流出缝隙。
源头活水不枯竭，
贴耳可听咕咚声。

天侣呈瑞

重阳榕树身拥抱，
树根相盘枝互绕。
如胶似漆三百年，
忠贞不渝乐逍遥。

顽石化莲③

补天石留莲花峰，
洁净如玉莹夺目。
法水洒石成八瓣，
观音亭立莲蕊中。

【美食】

炸南瓜

南瓜夹肉蛋糊匀，
油锅炸成南瓜饼。
馅心嫩滑皮酥脆，
口感馨香味道纯。

炸醋肉

配料入醋腌瘦肉，
油锅煎炸要适度。
外酥里嫩淡醋香，
欲罢不能口水流。

叉烧包

腌肉熟馅面团包，
放入蒸炉蒸成包。
雪白皮嫩散肉香，
大快朵颐乐逍遥。

【注释】

①清源山：位于福建省东南部，是国家重点风景区。

②老君像：一块酷似老翁的巨石被雕琢成老子的坐像。

③顽石化莲：传说女娲娘娘将天补好后，剩了一块补天石留在了莲花峰，亿万年过去后，这块石头洁净如玉，晶莹夺目。有一天，观音驾云过此地，突见奇光闪烁，俯首一看，原来是一奇石显异光。她用柳枝将玉净瓶中的甘露洒在巨石上，顿时大地轰鸣，巨石慢慢裂开成八瓣，形似莲花，光芒四射，观音亭立在莲蕊中。

冠豸山①
二〇二〇年十二月二十一日

【美景】

生命之根

根门奇现冠豸山,
闪烁神性释自然。
鬼斧神工天造就,
何需羞齿不笑谈。

九龙湖

湖水荡漾波光艳,
山回舟行转山间。
远眺群山龙戏水,
近观玉女挂银练。

【美食】

涮九品

九个部位精华肉,
辅以佐料加米酒。
健胃补肾祛寒湿,
一餐吃了一头牛。

四堡漾豆腐

白嫩豆腐塞肉馅,
文火微焖豆成仙。
特别鲜嫩味道美,
滋阴清心助养颜。

【注释】

①冠豸山:位于福建省龙岩市连城县,是国家重点风景名胜区。生命之根、九龙湖为该景区重要景点。

武夷山①

二〇二〇年十一月十四日

【美景】

武夷兄弟动干戈，
神仙下凡劝解和。
亲赐斧子和锄头，
闽南弹奏神奇歌。

劈山凿石填沟壑，
汗水换来九曲河。
茶香飘过十八弯，
群峰争奇玉女落。

【特产】

武夷岩茶

叶端扭曲色铁青，

清香甘醇之极品。

岩骨花香甲东南，

远销全球留美名。

【注释】

①武夷山：位于福建省武夷山市南部，是世界文化与自然双重遗产，是国家重点风景保护区。

浙江省

千佛山①
二〇二一年元月二十日

【美景】

未来寺

天然山体佛一尊，
袈裟佛手护众生。
神奇造化天恩赐，
奇异天象因缘情。

延恩佛殿隔溪建，
佛祖慈祥显庄严。
慈目对视山体佛，
有意收徒育成仙。

【美食】

猪尾巴

节节香的猪尾巴，

胶质美容人人夸。

【注释】

①千佛山：位于浙江省遂昌县境内，是4A级旅游景区。未来
寺是其主要景点。

雁荡山①

二〇二〇年十月三十一日

【美景】

东南海上第一山，
山顶湖荡乐清湾。
峰嶂洞瀑五百处，
欲穷雁荡魂难还。

月下缠绵情侣峰，
山海相连永相伴。
华夏之最"第一瀑"②，
呼啸奏乐入深潭。

【特产】

山乐官

山乐官鸟似金雀，

鸣声婉转如奏乐。

好似山中名乐队，

回响山谷荡丘壑。

【注释】

①雁荡山：位于浙江省温州市东北部海滨，少部分在台州市。

②第一瀑：指大龙湫瀑布。单级落差约198米，是中国单级落差最大的瀑布，有"华夏第一瀑"之美名。

普陀山①

二〇二〇年十一月十五日

【美景】

大海怀抱"三神"②地,
　　千手观音显神奇。
　　海中泉水仍甘甜,
　　海市蜃楼添神秘。

【特产】

普陀佛茶

紧细卷曲呈螺状,
色泽绿润汤黄亮。

【注释】

①普陀山:位于浙江省杭州湾以东,是舟山群岛中的一个小
岛。普陀山风景区素有海天佛国,南海圣境之称。

②三神:是指普陀山很神秘、神圣、神奇。

天台山①

二〇二〇年十一月十六日

【美景】

低山云海献媚丽，
天台佛光显神奇。
山水神秀誉四方，
古清奇幽世难觅。

奇花异草满目艳，
药材繁多功效齐。
欲想长寿成神仙，
只跟济公做邻里。

【美食】

饺饼筒

济公所创饺饼筒，
丰富佐料卷烤成。
油光发亮下酒物，
每逢佳节作祭品。

【注释】

①天台山：坐落在浙江省天台县境内，是中华十大名山之一。以"佛宗道源，山水神秀"闻名于天下，是活佛济公的故里。

台湾省

阿里山①
二〇二一年元月十六日

【美景】

姊妹潭

姐妹情深互不忍，
双双入潭了痴情。
两潭清水滴悲泪，
撩人情思美灵魂。

森林

三樱②花海美缤纷，
聆听画眉优美声。
古木参天林荫道，
兴游桧木原始林。

高山茶

高山茶产竹林地，
地力雄厚多有机。
养分充足促孕育，
花香奶香口中溢。

【注释】

①阿里山：位于台湾省嘉义县东边，是台湾省著名旅游景区。

②三樱：指千岛樱、吉野樱、八重樱。

第二部分 古镇诗集

重庆市

洪安古镇①
二〇二一年八月三十日

【美景】

依山傍水树成荫，
风景如画水清清。
造型独特古建筑，
土家苗寨秀风情。

索拉渡船添味道，
小镇泛舟增风韵。
一舟能游三省市，
《边城》原型世闻名。

【特产】

腌菜豆腐鱼
湘鱼渝菜黔豆腐，
精心烹调巧煎煮。
人称"一锅煮三省"，
三地合奏美食谱。

【美食】

绿豆粉

绿豆大米混磨浆，
烙成薄片切丝状。
粉丝绵软嫩爽口，
秀山美食人气旺。

【注释】

①洪安古镇：位于重庆市秀山县下辖镇。地处重庆、贵州、湖南交界处，是市级历史文化名镇，也是沈从文笔下的《边城》原型。

涞滩古镇^①

二〇二一年八月三十日

【美景】

坚固寨墙石砌成，
四座城门十字形。
石板街道伴民居，
傍着渠江舟楫行。

依山而筑二佛寺，
香火不断求神灵。
商贾云集市繁华，
风水宝地代代兴。

【特产】

阴米鸡

糯米蒸晒成阴米，
再加配料炖土鸡。
口感清爽鲜香糯，
滋补强身是佳珍。

【美食】

糯米酒

百药之长糯米酒，

富含多种维生素。

开胃提神滋补肾，

养血补气能益寿。

【注释】

①涞滩古镇：隶属于重庆市合川区，地处合川区东北部的渠江西岸，是国家历史文化名镇，是国家4A级旅游景区。

松溉古镇①
二〇二一年八月三十一日

【美景】

十里老街飘风云，
一品古镇留遗韵。
濒临长江载文脉，
入夜万盏灯火明。

"三清七绝"②幽美景，
清新江风润乡情。
石板路伴古建筑，
灵魂栖息松溉镇。

【特产】

腌白菜
中药配料腌白菜，
豆豉酱香飘寨外。
用作鱼肉好佐料，
汤汁浓郁鲜美甘。

【美食】

九大碗

九种食材蒸笼蒸，

传统佳肴润乡亲。

逢喜过节必上席，

寓意吉祥表盛情。

【注释】

①松溉古镇：隶属于重庆市永川区，地处永川区南部。松溉镇因境内有松子山和溉水而得名。

②三清七绝：三清是指环境清幽、石板路清洁和江风清新。七绝是明清建筑群、祠堂和寺庙、十里石板路、夫子坟、古县衙、陈公堰和长江温中坝。

塘河古镇①

二〇二一年九月一日

【美景】

青山叠翠绿悠悠，
塘河碧水绕城走。
众多古迹藏镇中，
环境优美史悠久。

原始野趣桫椤②群，
远古神话引追求。
此地降生蓝采和③，
度脱成仙飞天游。

【特产】

桫椤

树形美观如巨伞，
挺拔苍秀美自然。
历经沧桑穿亿年，
堪称国宝世代传。

【美食】

酸笋鱼

肉质紧密口感爽，

汤鲜浓郁味绵长。

开胃解馋增食欲，

健脾化痰可润肠。

【注释】

①塘河古镇：位于重庆江津区西南渝川结合地带，滚子坪境内，是中国历史文化名镇。

②桫椤：有"蕨尖植物之王"的美誉，是植物中的活化石。

③蓝采和：是道教传说中的八仙之一，唐朝人。传说出生于塘河古镇石龙门一带。

万灵古镇①

二〇二一年九月一日

【美景】

依山傍水"小山城"，
物资集散通漕运。
钱粮器物从此过，
山水城交相辉映。

四大寨门寓意深，
凡过此门走好运。
水碾设施添古风，
人杰地灵路孔镇。

【美食】

"母猪壳" ②
嘴翘肚大像母猪，
濑溪河捞野生鱼。
肉质丰厚味鲜美，
清蒸鳜鱼奉上席。

猪油泡粑

类似发糕色白黄，

质地细嫩皮发亮。

化渣爽口味独特，

品尝一次永不忘。

【注释】

①万灵古镇：位于重庆市荣昌区城东，原名为路孔镇，素有"小山城"美誉，是中国历史文化名镇，国家级4A风景名胜区。

②母猪壳：是指鳜鱼。

丰盛古镇①

二〇二一年九月二日

【奇观】

紫云响石②

紫云宝藏埋黄壤，

高僧发掘卵石床。

卵石摇动出声响，

万年古音犹吟唱。

【特产】

怪味胡豆

五味君子大合唱，

鲜美奇特酥脆香。

调节大脑增记忆，

有益骨骼促生长。

【美食】

冰皮月饼

形如月饼多白色，
做好冷藏味独特。
酥软滑爽有弹性，
色彩洁白如冰雪。

【注释】

①丰盛古镇：位于重庆市东南边陲，是重庆市历史文化名镇之一，国家4A级旅游景区。

②紫云响石：此地有一种卵石里面是空的，用手一摇就能发出响声。这种石头是紫云寺僧人发现的，故称紫云响石。

湖南省

凤凰古城①

二〇二一年五月十四日

【美景】

奇梁洞

天下奇景于一洞，
奇秀幽峻藏洞中。
洞中有山山嵌洞，
洞洞相连孕龙宫。

奇岩巧石流泉瀑，
阴阳河绕画廊中。
千姿百态石钟乳，
魅力无限奇梁洞。

沱江跳岩

长方岩墩串组成，
每墩相距约半米。
古道桥梁必经路，
现成凤凰亮丽景。

天堂

众多造型姿丰韵，
美妙绝伦生意境。
御笔天书显奇妙，
高耸入云南天门。

如诗如画逍遥宫，
玉树琼花胜似锦。
仙女出浴媚千娇，
百鸟朝凤瑶池行。

【特产】

湘西板栗

果大色艳品质优，
富蛋白胡萝卜素。
营养丰富味甜美，
千果之王美名留。

【美食】

凤凰腊肉

精选生态优种猪，

松木熏制不变质。

桂花腌制味清香，

喜庆待客必上席。

【注释】

①凤凰古城：位于湖南省湘西土家族苗族自治州的西南部，有"北平遥，南凤凰"之美名，是国家历史文化名城，国家4A级旅游景区。

芙蓉古镇①
二〇二一年五月十五日

【美景】

青山绿水秀幽幽，
曲折幽深石板路。
酉水舟楫两千年，
楚蜀通津达九州。

依山傍水吊脚楼，
古朴风情满背篓。
寻幽访古最佳处，
诗情画意溪州游。

大瀑布
千年古镇挂飞瀑，
五彩缤纷喷珍珠。
疑似银河九天落，
急流直泻震湘西。

【特产】

小背篓

湘西背篓情深厚，
阿妹陪嫁送背篓。
百事往来随身背，
不背背篓路难走。

西兰卡普

土花铺盖人见爱，
智慧结晶传万代。
嫁妆行列必配备，
鉴赏新娘品德才。

【美食】

姜糖

生姜红糖水熬成，
微辣酥脆香甜醇。
补气保健促消化，
活血驱寒能杀菌。

米豆腐

芙蓉特产米豆腐，

混合油盐酱醋煮。

营养丰富碱中和，

减肥排毒美皮肤。

【注释】

①芙蓉古镇：位于湖南省湘西土家族苗族自治州永顺县，是一座具有两千多年历史的古镇，是湘西"四大名镇"之一。

茶峒古镇①
二〇二一年五月十六日

【美景】

脚踏三省观边城，
绿水青山谷幽静。
江边映浮吊脚楼，
渔翁小舟悠悠行。

民风淳朴闲淡宁，
捶衣洗菜润乡情。
石阶梯旁插垂柳，
如诗如画茶峒镇。

【特产】

碗儿糕
香甜微酸碗儿糕，
膨松糯软美佳肴。
米香直浸心脾胃，
不是发糕胜发糕。

【美食】

油粑粑

米粉面团油炸成，
油光金黄呈圆形。
温和滋补健脾胃，
活血益气能强身。

【注释】

①茶峒古镇：位于湖南省花垣县西部，是湘西"四大古镇"
之一，清水江贯穿全境，被选入第一批中国特色小镇。

黔阳古镇①

二〇二一年五月十八日

【美景】

湘西边陲第一镇，
文化渊源世闻名。
明清建筑比比是，
青石街巷落纵横。

庙宇众多古典雅，
楼塔精致秀宜人。
碑刻文化底蕴厚，
名人玉壶留冰心。

【特产】

芷江鸭

肉色红润骨细软，
富含六种氨基酸。
香酥脆辣味独特，
乾隆食后赞佳肴。

【注释】

①黔阳古镇：位于湖南省洪江市黔城镇，它是全国保存最完好的明清古城之一，素有"湘西第一古镇"之称。经典诗句"一片冰心在玉壶"就出在此城，由王昌龄所写。

洪江古商城^①

二〇二一年五月十八日

【美景】

起源春秋古商城，
物资集散通五省。
驿站商埠三千年，
誉称西南"小南京"。

错落有致古窨屋，
井字排列形成群。
七冲八巷九条街，
商业发展活标本。

【特产】

柚子糖

香柚蜂蜜熬成糖，
色泽金黄带柚香。

【注释】

①洪江古商城：位于湖南省怀化市洪江区，坐落在沅水、巫水汇合处。它起源于春秋，成形于盛唐，是保存最完好的古建筑群。是滇、黔、桂、湘、蜀五省地区的物资集散地，有"小南京"之美誉。

湖北省

上津古镇①

二〇二一年四月二十四日

【美景】

朝秦暮楚②门桥头，
历经变革③县郡州。
军政要地旗招展，
秦楚咽喉天造就。

五古④根基底蕴足，
杨柳多姿绕城走。
骡马列队越秦岭，
天子渡口泛舟游。

【特产】

上津贡茶⑤

汪盛如茶史悠久，
口感醇正回甘留。
汤色清澈呈花香，
乾隆下旨宫采购。

【注释】

①上津古镇：位于湖北省郧西县城西北70公里，地处鄂西北边陲，与陕西省接壤。

②朝秦暮楚：上津古镇三面环秦，一面靠楚，好似秦国通往楚国的大门，楚国通往秦国的桥头堡。

③历经变革：曾14次建县，6次设郡，2次置州。

④五古：是指古庙宇、古会馆、古城墙、古建筑、古街道。

⑤上津贡茶：又名"盛如茶"，是汪盛如开始种植的。

黄花涝镇①

二〇二一年四月二十六日

【美景】

盘龙西郊"小汉口"，
　　依河傍水古风留。
八古②遗迹存完好，
　　商贾云集万物流。

黄花绽放满绿洲，
　　龙舟穿梭水上游。
渔村家家炊烟绕，
　　生机勃勃情悠悠。

农民书画博物馆③，
　　隐藏珍品源名流。
幽静闲适美如画，
　　世外桃源醉贵族④。

【特产】

虾鲊

米粉作料拌湖虾,

经过腌炸成虾鲊。

淡淡臭味藏浓香,

文化遗产人人夸。

【注释】

①黄花涝镇:位于武汉市黄陂区盘龙城开发区。据记载,黄花涝春天水落,府河湿地黄花遍地,夏季水涨,河湖相连,汪洋一片,遍地黄花遭渍涝,故名黄花涝。商贾云集,一派繁华景象,被誉为"小汉口"。

②八古:是指古石坡、古码头、古墙壁、古墓、古屋、古寺院、古教堂、古祠堂。

③博物馆:转业军人"三哥"在黄花涝镇建的书画博物馆。内藏国内外大家赠送给他的书画两百多幅。

④贵族:是指孙权堂弟的儿子孙壹,其死后就葬在此地。

九畹溪镇①
二〇二一年五月三日

【美景】

地理环境
长江西陵峡南畔，
层峦叠嶂成圆盘。
橘橙果木遍野岭，
松杉森林布满山。

钢砼大桥跨两岸，
云集众多漂流船。
誉称"中华第一漂"，
畹溪不虚胜名传。

圣天观
佛天福地圣天观，
沧桑百年成神坛。
烟火兴旺香烟袅，
香客不绝许还愿。

仙女山

千姿百态仙女山，
百般妖媚插云端。
巍峨高耸立峰林，
山麓溪水银练环。

好像卧佛望天空，
疑似情人对恋谈。
鸟语满山野花香，
朝夕迷雾奇景观。

【特产】

丝绵茶

条索紧秀细嫩芽，
耐泡香高人人夸。
断面新奇丝万缕，
乾隆遂赐"丝绵茶"。

桃叶橙

叶似桃叶果形正，

果面光滑色红橙。

爱国诗人②吟《橘颂》，

秭归柑橙世闻名。

【注释】

①九畹溪镇：位于湖北省宜昌市秭归县东南部，地处长江三峡西陵峡南岸。地势为四面高，中间低，呈盆地形。是"中华第一漂"所在地。圣天观，仙女山是其主要景点。

②爱国诗人：指屈原。

柏泉古镇①

二〇二一年五月七日

【美景】

夏商遗址柏泉镇，
三千余年商贾云。
春花秋实沙鸥翔，
楚风汉韵长相存。

群山绵延林葱润，
山水环绕盎然成。
杜公湖水放高歌，
龙王台遗仰韶文。

【特产】

柏泉龙井茶

色泽翠绿浓郁香，
条形整齐味绵长。
降血压，助消化，
生津止渴提神棒。

柏泉柑橘

色泽金黄果无核，

酸甜适中味独特。

健脾和胃除疲劳，

美容养颜防栓塞。

【注释】

①柏泉古镇：位于湖北省武汉市西北部，距市中心17公里，是生态旅游区。其境内有夏商文化遗址，历史名胜古迹30多处，是武汉市文物保护单位。

锦里沟镇①
二〇二一年五月八日

【美景】

土家风情

黄陂蔡店锦里沟，
鄂西迁入土家族。
发展变迁三百年，
满寨耸立吊脚楼。

土家文化风情游，
民俗表演抛绣球。
对唱山歌把情定，
体验民俗乐悠悠。

四季火辣

春夏秋冬皆成景，
季季风景各抒情。
春天绿叶飘满园，
夏天红花迎游人。
秋季青果意盎然，
冬季红果献嘉宾。

【美食】

黄陂三鲜

黄陂三鲜美佳肴，
鱼丸肉丸和肉糕。
三菜合一乡情浓，
闯王②品尝连称好。

【注释】

①锦里沟镇：位于湖北省武汉市黄陂区蔡店街，是国家4A级旅游景区。

②闯王：指李自成曾到此品尝过黄陂三鲜，很是赞赏。

梁子镇①

二〇二一年五月九日

【特产】

梁子湖红菱

多维生素美红菱，
生食熟食制菱粉。
菱叶可做青饲料，
能促消化防血贫。

【美食】

梁子湖螃蟹

水草茂盛饵料盈，
螃蟹体大品种纯。
肉味鲜美富营养，
清热解毒能舒筋。

武昌鱼

樊口昌鱼甲天下，

富含钙磷铁硒钾。

开胃健脾增食欲，

预防低糖高血压。

【注释】

①梁子镇：位于湖北省鄂州市梁子湖区西北部，是国家4A级旅游景区。原名娘子湖。传说一千多年前，此处是高唐县，由于地壳变动，变为一片泽国。在地陷之前，有一位母亲孟红玉和其儿子发现该处有地陷的预兆，母子二人带领乡亲们撤离。乡亲们为了感谢娘俩的报信之恩，将地陷形成的湖称为娘子湖。此地山清水秀，人杰地灵，是理想的休闲、旅游度假的好地方。

双桥古镇①

二〇二一年五月十日

【美景】

碧波潩水穿双桥，
车水马龙古驿道。
交通便利成集市，
商贾云集闹喧嚣。

青色石板铺街道，
独轮辙印留凸凹。
两层楼阁清一色，
雕梁画栋颜值高。

军事重地史悠久，
吴楚一战成要道。

【特产】

三里美人茶

大悟三里美人茶，
香高生津称奇葩。
延年益寿抗衰老，
滋味浓醇品位佳。

苞谷酒

双桥盛产苞谷酒，
传统工艺精酿熟。

【注释】

①双桥古镇：位于湖北省大悟县，一条发源于大别山的澴水穿镇而过，是军事重镇和要道，远在春秋战国时，吴楚柏举之战，孙武率领的吴军就是从这里去攻打楚国的。

客店镇①
二〇二一年五月十一日

【美景】

黄仙洞②

鬼斧神工第一洞，
奇特景观几十种。
济公仰天咏天书，
洞房花烛将相融。

双狮守关屈尊门，
双龙腾空展大鹏。
海豚跃江像戏水，
黄仙华盖大圣诵。

蝶戏熊猫关公壁，
罪蟾鸣冤文峰宫。
哪吒出世鸡报晓，
天公造化黄仙洞。

【特产】

葛粉

葛粉性凉味甘辛，
生津止渴助阳升。

云雾茶

茶形紧致卷曲秀，
汤色翠绿味醇厚。
延缓衰老解疲劳，
美白养颜防口臭。

【注释】

①客店镇：隶属于湖北省钟祥市，地处大洪山南麓。西汉末年，大洪山绿林人氏王匡、王凤为反王莽残暴统治，在此设立客店，招兵买马，聚义英雄，举行赤眉起义，客店因此得名。

②黄仙洞：是客店主要景点，全诗由洞内部分奇特景观组成。

木兰古门①

二〇二一年五月十三日

【美景】

奇石

奇石遍布如黄山，
象形寓意聚相伴。
看似人造实天成，
惟妙惟肖人惊叹。

无限遐想问天石，
栩栩如生彩蝶山。
木兰神助木鱼石，
丹青壁画不厌观。

奇河

东西走向山顶河，
四季碧水长流淌。
登临长河观绝景，
疑似银河九天落。

奇谷

双龙峡谷瀑潭连，
溪流曲折又蜿蜒。
落差高达三百米，
流淌花岗岩石面。

奇寨

东南西北四石寨，
古朴沧桑传奇来。
众说纷纭莫衷一，
无穷遐想兰花开。

奇岛

风情半岛落湖畔，
林木苍翠幽静远。
风光旖旎临其境，
山水情长衷感叹。

【特产】

木兰五味子

肺肾两虚皆补药，

生津敛汗治口渴。

益气生阴养五脏，

治泻痢，防虚脱。

【注释】

①木兰古门：位于武汉市木兰生态旅游区的姚家集镇内，是新开发的景区。这里有五奇：奇石、奇河、奇谷、奇寨、奇岛，是旅游观光的好去处。

索河镇①
二〇一九年二月二日

【美景】

人间瑶池

一桥飞渡索子河，
九真②龙霓③神龙阖。
炼丹仙女撩帘探，
五龙捧圣④诵唐歌。

龙女霓仙戏龙珠，
响山⑤一鸣金龙跃。
莲池庵笺邀圣贤，
天籁佛音响丘壑。

松竹苍翠满山坡，
银河玉带环山过。
十里荷花鸥燕舞，
观荷采莲荡水波。

梅池香草⑥百花艳，
悟空羞涩故地落。

远去铁拐又归来，
人间瑶池藏索河。

温泉⑦念
康养温泉石马西，
故乡迎来福禄喜。
蛙声共鸣震天响，
荷花齐舞飘香溢。

鱼米之乡换新衣，
人间瑶池添锦旗。
思乡游子乐开怀，
祝福故里创奇迹。

【美食】

金文饼
龙霓山头望九真，
索子长河映僧影。
巧手改制"八卦炉"，
不炼仙丹烤烧饼。

精心研究膳食经，
科学配制三香饼。
好看好吃富营养，

常吃美容增智能。

福禄寿喜添新韵，
强身健体延寿命。
芝麻谱写《烧饼歌》，
胜过明朝刘伯温[8]。

鲫鱼面

鲫鱼豆腐炖精面，
营养丰富美味鲜。
强健骨骼壮体魄，
美容养颜寿命延。

【名人逸事】

近昭君

索河美景醉世人，
故里美女引断魂。
周游列国方觉晓，
绝代佳人藏乡亲。

西施玉体掩古今，
贵妃一笑倾国城。
貂蝉名气胜"双乔"，
新娇⑨颜值近昭君。

【注释】

①索河镇：系湖北省武汉市蔡甸区索子长河北边的小镇，是
4A级景区，被称为"人间瑶池"。

②九真：是指索子长河南边的九真山。传说此地是九真道人
炼仙丹的地方。

③龙霓：是指索子长河北边的龙霓山。传说霓仙在河边捡到
龙女丢失的龙珠，两人因此产生爱情。但遭上天反对，将其
打入地下，后来此地形成一座大山，人们称其为龙霓山。

④五龙捧圣：指唐朝皇帝在此修建的嵩阳寺，周围有五座山
峰环绕，故称其为五龙捧圣。

⑤响山：在金龙湖的西边有一座山，只要用脚一踢就能发出

响声，故称响山。

⑥梅池香草：是指中国首家以种植芳香植物为主的新型农村，索河镇梅丰村。

⑦温泉：指在索河街石马村新发现的温泉。

⑧刘伯温：元末明初军事家、政治家、文学家，曾写过《烧饼歌》。

⑨新娇：指索河镇人。

四川省

柳江古镇①

二〇二一年五月十九日

【美景】

两山②拱卫镇左右，
两河③穿城向北流。
中西合璧曾家园④，
川西风情吊脚楼。

临河亲水古道路，
访古寻悠水码头。
碑林隐立圣母山，
熟睡观音⑤风韵柔。

百花争艳树参天，
湖溪瀑禽野趣留。
返璞归真净心灵，
古庙生香瀑飞流。

【美食】

香辣岩蛙

当地特产野岩蛙，
肉质细嫩味道佳。

【注释】

①柳江古镇：位于四川省眉山市洪雅县城西南，始建于1140年，距今800多年历史，是四川十大古镇之一。

②两山：侯家山、玉屏山。

③两河：杨家河、花溪河。

④曾家园：柳江历史上曾有四大家族：曾、张、杨、何。曾家的房子是现在唯一保存完好的家族建筑。

⑤睡观音：柳江古镇有一个睡观音佛像。

黄龙溪镇①

二〇二一年五月二十一日

【美景】

小溪穿镇得其名，
质朴神润显宁静。
随处可见盖碗茶，
玩水嬉戏乐开心。

清浊二水②泾渭分，
黄龙潜江渡渭泾。
一街三庙③育"十古"④，
三县一衙施民政。

大佛观音⑤遥相对，
普度人间祈福民。
远闻吱嘎古碾声，
甜蜜回忆农耕情。

【特产】

袍哥茶

巴蜀文化袍哥茶，
平等和气为贵雅。
美容养颜降三高，
平心静气双赢大。

【美食】

芝麻糕

色鲜味美柔细嫩，
香甜化渣献宫廷。

【注释】

①黄龙溪镇：位于成都市双流区，是四川省文化古镇及省级旅游景区。

②清浊二水：锦江水清，鹿溪水褐。两水在此交汇，如"黄龙渡清江，真龙内中藏"。

③三庙：古龙寺、镇江寺、潮音寺。

④十古：古街、古树、古庙、古码头、古民居、古堤、古战场、古崖墓、古衙门、古埝。

⑤大佛观音：该景区有著名的"大佛寺"和"观音寺"，分别坐落在两山之上，遥遥相对。

甲居藏寨①

二〇二一年五月二十三日

【美景】

山寨依势逦连绵，
幢幢藏楼散林间。
炊烟袅袅云缭绕，
田园画卷展眼前。

绚丽多彩山峰峦，
星罗棋布湖溪泉。
古朴典雅趣民居，
世外桃源藏寨间。

【特产】

藏式头帕
绣工精美构图简，
色彩搭配呈风格。
遮阴避寒皆适用，
头帕文化颇奇特。

【美食】

香猪腿

富含胶原高蛋白，

美容养颜增愉悦。

补血益气抗衰老，

保护血管防堵塞。

【注释】

①甲居藏寨：位于四川省甘孜藏族自治州丹巴县境内，是丹巴县最具特色的旅游景区。

阆中古城^①

二〇二一年五月二十三日

【美景】

巴蜀重地古阆中，
四面环山三水通。
历史源远新石器，
千年古县蜀要冲。

文化璀璨育精英，
英杰人物出不穷。
名流众多留墨宝，
"落下闳^②星"游太空。

山川秀美名胜多，
遍野翠竹满苍松。
风水古城天下稀，
"阆苑仙境"之美誉。

【特产】

保宁醋

纯粮中药酿成醋，

四川麸醋称鼻祖。

唐朝御膳烹饪食，

当今国宴调味醋。

【美食】

张飞牛肉

表面墨黑内红亮，

恰似张飞好形象。

补血补铁抗衰老，

博览会上获铜奖。

【注释】

①阆中古城：古称保宁，是四川省南充市代管的县级市，位于秦巴山南麓。山围四面，水绕三方，素有"阆苑仙境，风水宝地"之美誉。

②落下闳：阆中人，天文学家。国际编号为16757的小行星被命名为"落下闳星"。

洛带古镇①
二〇二一年五月二十五日

【美景】

二峨山麓洛带镇，
玉带落井而得名。
一街七巷铺林立，
客家民居占八成。

"打吊聚"②会五凤楼，
聚族于斯一家亲。
洛带兴衰三百年，
圆顶土楼藏乡情。

【特产】

油烫鹅
香木熏过油烫熟，
皮香肉嫩美味足。

【美食】

金丝饼

优质美食精做成，
形如盘丝绕圆形。
外酥里嫩葱香浓，
中华一绝③金丝饼。

【注释】

①洛带古镇：地处成都市龙泉驿区境内，被誉为"中国西部客家第一镇"。传说蜀汉后主刘阿斗的玉带落入镇旁八角井中，而更名为"落带镇"，后演变成"洛带镇"。

②打吊聚：是客家的民俗。即三五个好友聚在一起喝酒聊天。

③中华一绝：乾隆认为金丝饼是"中华一绝"。

桃坪羌寨①
二〇二一年五月二十七日

【美景】

羌寨

巨大碉楼雄浑挺，
碉居合一建筑群。
寨房相连互相通，
巷道通达显幽深。

外人如入成迷宫，
进退自如本寨人。
神秘泉水流各家，
房顶供奉白石神。

【特产】

羌笛

双管竹笛从羌起，
音色清脆微悲凄。
虚幻迷离动心魄，
羌笛演奏成"非遗"。

羌绣

民间工艺羌刺绣，

源远流长民习俗。

精美绝伦"云云鞋"，

张显羌女尽风流。

【美食】

羌餐

香味扑鼻羌家肉，

姑娘敬上青稞酒。

阵阵羌家祝酒歌，

醉意蒙眬飘悠悠。

【注释】

①桃坪羌寨：位于四川省理县杂谷脑河畔桃坪乡，是国家级重点文物保护单位，被中外学者誉为"羌族建筑艺术活化石""神秘的东方古堡"。

贵州省

镇远古城①

二〇二一年五月二十九日

【美景】

古街古巷通幽静，
碧水晨雾润古城。
城垣石桥错落致，
鱼家灯火春江情。

湘楚云贵之要地，
军事重镇兵必争。
山雄水美震名将②，
赋诗描述落惊魂。

【特产】

陈年道菜

道士腌菜创奇功，
煮汤炒菜香味浓。
储藏愈久品愈佳。
清代贡品入皇宫。

天印贡茶

经久耐泡美翠香，

汤色绿亮味悠长。

陆羽考证负盛名，

贡茶美名传四方。

【注释】

①镇远古城：是贵州省苗族侗族自治州镇远县名镇，是中国山地贴崖建筑文化博物馆。国家5A级旅游景区。

②名将：指林则徐，曾三次到清远古城，还写诗一首描述雄奇山川的险要："行人在山影在溪，此身未坠胆已落。"

青岩古镇①

二〇二一年五月二十九日

【美景】

山地兵城"南大门"②，
　六百余年厚底蕴。
九寺③八庙④五阁⑤楼，
　二祠⑥三叠⑦四洞⑧庭。

浙大西迁办学处，
　状元府⑨藏金榜文。
诗词之乡多诗仙，
　文化名镇留美名。

【名人逸事】

颁奖会[10]献诗

群英荟萃聚滇中，
散文飞龙诗隐凤。
硕果累累飘四海，
神州文坛映彩虹。

诗词之乡诗文会，
华夏精英高歌颂。
诗文无边永求索，
永不停息攀顶峰。

【特产】

青岩双花醋

百岁高龄双花醋，
黑中带红液浓稠。
酸爽适中口感好，
曲香回味悠长久。

【美食】

青岩卤猪蹄

中药卤制状元蹄，

糯香滋润肥不腻。

【注释】

①青岩古镇：位于贵州省贵阳市花溪区南郊，始建于1378年，原为军事要塞，有"中华诗词之乡"荣誉称号，是国家5A级旅游景区。

②南大门：指贵阳市的南大门。

③九寺：龙泉、慈云、观音、朝阳、迎祥、寿佛、圆通、凤凰、莲花寺。

④八庙：药五、黑禅、川主、雷祖、财神、孙膑、东岳庙等。

⑤五阁：奎光、文昌、云龙、三宫、玉皇阁。

⑥二祠：班麟贵土司祠、赵国澍祠。

⑦三叠：系三叠纪的古生物化石。

⑧四洞：神仙、黄龙、花山、璇宫洞。

⑨状元府：贵州第一个状元赵以炯的故居。

⑩颁奖会：第八届中外诗歌散文赛颁奖大会。

隆里古城①

二〇二一年五月三十日

【美景】

古城近似长方形，
卵石框边土夯成。
四方炮台各一座。
城门四道闭北门。

城墙上设跑马道，
城壁置座放"天灯"②。
围城建有护城河，
以防敌人来入侵。

城内设施循战需，
六百余年乃完整。
能战能防军事堡，
亦兵亦农隆里城。

【特产】

印合粑

合粑图案栩栩生,

堪称优秀艺术品。

清香可口味道美,

逢喜过节待嘉宾。

【美食】

乌米饭

乌黑发亮味道美,

清香蕴含草药味。

【注释】

①隆里古城:位于贵州省黔东南锦屏县西南,是一座有600
多年历史的古军事屯堡。

②天灯:信号灯。

天龙古镇①
二〇二一年五月三十一日

【美景】

天台山

三面绝壁孤峰立，
兀起平畴险峻奇。
唯北石阶可登山，
寺庙山石浑一体。

山巅一寺称五龙，
宏伟壮观显奇迹。
佛道共居众建筑，
灵施巧布古来稀。

万木葱茏围城堡，
骚人墨客登台题。
世上天台有多处，
唯有天龙最绝奇。

【美食】

豆沙粑

糯米糍粑包豆沙，

贵州小吃名气大。

【注释】

①天龙古镇：位于贵州省安顺市平坝区西南，是省精神文明
先进镇，其天台山是国家级风景名胜区。

下司古镇①

二〇二一年六月一日

【美景】

天造山水美下司，
清水江上一明珠。
鹅卵花石铺街道，
商贾云集如潮汐。

九曲银河润古迹，
停泊商船数公里。
水陆码头达四方，
灯火辉煌可申遗。

【特产】

下司犬

头部粗大额宽平，
脸长硬毛犹如针。
望而生畏镇邪恶，
打猎守院好帮手。

【美食】

酸汤鱼

绿色食品色香全，

肉质细嫩汤味鲜。

刺激食欲增饭量，

招待贵宾是首选。

【注释】

①下司古镇：位于贵州省凯里市西南部，是国家4A级旅游景区，有"清水江上的明珠"之美称，被誉为"小上海"。是国家皮划艇示范基地，锌硒米之乡，世界名犬下司犬之乡。

土城古镇①

二〇二一年六月二日

【美景】

三面临水北靠山，
依山而建银河环。
交通要道由此过，
黔中腹地出川南。

历史故事神话传，
溯源众多博物馆②。
大红灯笼高高挂，
鳛鱼展翅客忘返。

【特产】

苕丝糖

苕丝油炸混糖浆，
冷却即成苕丝糖。
零食小吃人人爱，
感受美味需品尝。

【美食】

茗汤圆

糯米面包红薯馅，
做成汤圆当甜点。

【注释】

①土城古镇：位于贵州省遵义市习水县，是交通要道，兵家
必争之地。

②博物馆：此地博物馆众多，被誉为"博物馆小镇"。

福泉古镇①

二〇二一年六月三日

【美景】

福泉洒金谷

三道峡谷奇险幽，
沙河绕城狂奔流。
多级瀑布声如雷，
观瀑桥下戏金龟。

诸梁②绝壁荫深峻，
仙人三丰留遗影。
神留宇宙仙影岩，
洒金桥上望月明。

鱼梁③两岸岩高耸，
绝壁多嵌仙人洞。
一江碧水缓缓流，
翠崖烟雾迷群峰。

仙桥石林

石王统帅立山顶，
兵马布阵十八营。
出谋划策有军师，
前位营领打头阵。

轿子山前行大王，
山后二王紧跟进。
握剑指挥发号令，
仙女搭桥助远征。

茶花王

稀世珍品茶花王，
植株巨大花期长。
盛开红花三百年，
耀眼夺目满村香。

【特产】

苦荞茶

苦荞茶汤清透明，
麦香浓郁味醇正。
绿色养肝白润肺，
黑色补肾红养心。

【注释】

①福泉古镇：位于贵州省黔南布依族苗族自治州，是国家4A级旅游景区。

②诸梁：指的是诸梁江。

③鱼梁：指的是鱼梁江。

云南省

双廊古镇①

二〇二一年六月四日

【美景】

二曲②之间有良甸③，
"苍海"风光静逸艳。
三面环山一面海，
西眺苍山群峰峦。

东靠佛教鸡足山，
南与"蓬莱仙岛"连。
水天一色交相映，
南诏风情世代延。

【特产】

梅果

营养丰富酸梅果，
生津解暑能止渴。

【美食】

米糕

双廊米糕白嫩软，

黏黏糯糯裹糖霜。

【注释】

①双廊古镇：位于云南省大理市东北端，洱海东北岸，是省级历史文化名镇和"苍洱风光第一镇"，国家4A级旅游景区。

②二曲：指莲花曲和萝莳曲。

③良甸：双廊的别称。

喜洲古镇①
二〇二一年六月五日

【美景】

东方剑桥隐于市，
白族文化发祥地。
千年古镇渊源流，
先有喜洲后大理。

碧空如洗树参天，
白鹭成群游嬉戏。
民居雕刻巧别致，
精妙扎染②是奇迹。

【特产】

喜洲粑粑
外皮香酥内绵软，
香喷喷，黄灿灿。
宛若苍山峰与溪，
层次分明色可餐。

【美食】

酿雪梨

传统甜菜酿雪梨，

洁白如雪滑糯蜜。

滋阴润肺止咳嗽，

消除疲劳助消食。

【注释】

①喜洲古镇：位于云南省大理市以北，西靠苍山，东临洱海。

②扎染：是中国民间传统染色工艺。织物在染色时，部分结扎起来使之不能着色的一种染色方法。大理的白族扎染技艺被列入国家级非物质文化遗产名录。

和顺古镇①
二〇二一年六月六日

【美景】

双虹桥
和顺小河绕村过，
两座拱桥跨过河。
造型精美伴绿柳，
形似双虹卧碧波。

洗衣亭②
遮日挡雨洗衣亭，
古朴典雅一馈赠。
洗衣纳凉望远方，
寄托相思男人情。

云龙阁
三教③合一古道观，
背靠苍翠黑龙山。
三殿④一阁⑤构思巧，
青山绿水映龙潭。

古树群

五棵列队展千枝，
神似千手观音体。
两棵樟树两边立，
恰似观音两徒弟。

五树相望魁星阁，
好似"五子登科"第。
捷报桥上迎举人，
衣锦还乡梦幻奇。

陷河湿地

和顺最好陷河头，
碧波河水草丰茂。
野鸭水鸟嬉戏游，
沉醉野趣泛孤舟。

【特产】

普洱茶

叶薄革质椭圆形，
香型独特味浓醇。
汤色橙黄久耐泡，
化痰理气兼清心。

【美食】

松花糕

糕粉馅块模压成，

花纹清晰底油润。

清甜果香糯细绵，

营养好味兼养生。

【注释】

①和顺古镇：位于云南省腾冲市西南4公里处，是云南著名的侨乡，国家4A级旅游景区。

②洗衣亭：在和顺池塘边建有古朴典雅的洗衣亭。此地外出打工的男人比较多，为了让家中的女人在洗衣服时不被风吹日晒，就建了这个亭子。

③三教：指儒、释、道三教。

④三殿：指龙王、三官、观音殿。

⑤一阁：魁星阁。

黑井古镇①

二〇二一年六月七日

【美景】

曲径山险峰连天，
万山相峙溪绕烟。
龙川河谷隐古镇，
依山伴江四千年。

彝女②发现溢卤泉，
掘池汲卤用釜煎。
富甲一方成盐都，
专供皇室作贡盐。

【特产】

黑井盐

味美洁白质纯正，
腌制食品鲜香醇。
独具特色负盛名，
取雄一方成贡品。

【美食】

盐焖鸡

肉质鲜嫩色淡黄，

味道爽口飘清香。

咸香入味口感鲜，

荣获楚雄菜金奖。

【注释】

①黑井古镇：位于云南省楚雄彝族自治州禄丰县，自古以来是产贡盐的地方。

②彝女：是指李阿召。她在牧牛时，牛引领她至井处，舔地出盐。为了纪念黑牛的功绩，遂称此地为"黑牛井"，后称"黑井"。

广西壮族自治区

中渡古镇①

二〇二一年六月八日

【美景】

响水瀑

梯次而下落水瀑，
倾泻有声震河谷。
绿树红花伴鸟鸣，
好似白练飘九曲。

香桥岩

山峰笼罩烟袅袅，
草木葱郁隐石桥。
鬼斧神工天造就，
香桥仙境真奇妙。

东岭岚

洛江对岸十二岭，
好似中渡东南屏。
雨过天晴云雾绕，
犹如巫山奇意境。

龙潭河

黄龙潜伏洛江藏，

一怒江水便暴涨。

民间选龙作图腾，

顶礼膜拜求吉祥。

嫦娥观鹰山

一山耸立洛江边，

形似雄鹰落人间。

晴空万里挂圆月，

嫦娥视览鹰山巅。

【美食】

柴火粉

英山柴火煮米粉，

白嫩鲜香醉世人。

【注释】

①中渡古镇：位于广西壮族自治区柳州市鹿寨县西北，是鹿寨文明的发源地，是广西壮族自治区历史文化古镇。

榕津古镇①

二〇二一年六月九日

【美景】

古榕成群相抱吻，
塘泽星罗棋布群。
街榕塘泽相辉映，
古镇榕津留美名。

千年古榕成树精，
气根形成圆拱门。
形同鹊桥做月老，
喜结连理有情人。

【美食】

十八酿②

醇香可口荤不腻，

香辣开胃兼沁脾。

用料新颖品种多，

酿出精彩和精髓。

【注释】

①榕津古镇：位于广西壮族自治区平乐县张家镇榕津村，是一个千年古镇，在此有全国闻名的千年古榕树群。

②十八酿：是指平乐县的各种酿菜，如田螺酿、豆腐酿，等等。

大圩古镇①

二〇二一年六月十日

【美景】

水陆码头商贾云，
赶圩人数近万人。
泊船多达三百艘，
商业文化特鲜明。

八条大街生意隆，
人潮物流永不停。
顺水南行下广州，
逆流北上达桂林。

【特产】

灵川狗肉

狗肉美味誉第一，
能与北京烤鸭比。
烹调工艺很独特，
食后余香满口溢。

【美食】

白果炖老鸭

白果老鸭文火炖，
果香肉甜益生津。
营养丰富补五脏，
化痰止咳成佳品。

【注释】

①大圩古镇：位于广西壮族自治区桂林市灵川县漓江景区，是广西壮族自治区"四大圩镇"之一。商业文化积淀深厚，特色鲜明。

黄姚古镇①
二〇二一年六月十一日

【美景】

三河②交汇九峰③环，
生活娱乐姚江岸。
八大姓氏九宗祠，
民居多绕祠堂转。

古风建筑近三百，
匠心独运审美观。
十处亭阁八大景，
八仙嬉戏鸡公山。

仙人古井④
旱涝不变翻腾涌，
七月初七显神通。
几座方池互相连，
每个方池有分工。
饮用洗菜和洗衣，
先后依次汇河中。

【美食】

豆豉酱

黑豆泉水酿成酱，

街头巷尾飘酱香。

乌黑发亮香扑鼻，

调味佳品美名扬。

【注释】

①黄姚古镇：国家4A级旅游景区，是中国历史文化名镇。

②三河：姚江、小珠江、兴宁河。

③九峰：酒壶、真武、鸡公、叠螺、隔江、天马、天堂、牛岩、关刀等九座山脉。

④仙人古井：在鸡公山不远处，传说八仙在此嬉戏过，故称此井为"仙人古井"。

兴安古镇①

二〇二一年六月十二日

【美景】

南北文化交汇处，
重要纽带是灵渠②。
中原岭南融一体，
"济治之都"名不虚。
始皇建渠赢统一，
纵观历史无先例。

【特产】

三花酒

蒸熬三次小曲酒，
无色透明蜜香留。
入口柔绵回味甜，
提神活血舒筋络。

【美食】

香芋扣肉

甘香可口滑不腻，

芋鲜肉烂互交融。

两广常见特色菜，

逢年过节必上席。

【注释】

①兴安古镇：中国十大魅力古镇之一。

②灵渠：秦始皇为了统一中国，在此修的一条人工渠。它将
湘水和漓水连接起来了，是中国历史上第一条运河，亦沟通
了人类历史上最大的内河运输网。

扬美古镇①

二〇二一年六月十二日

【美景】

三面环江叠翠峦，
河水清澈树参天。
翠竹成林蕉似海，
荷花飘香上千年。

金滩苍松相呼应，
青坡怀古思清泉。
龙潭夕影戏风云，
亭对江流阁望仙。

【特产】

扬美酸菜

增加肠胃益生菌，
帮助消化食欲增。

【注释】

①扬美古镇：位于广西壮族自治区南宁市西部，距离南宁市区仅36公里，始建于宋代，至今已有上千年历史。其金沙月夜、青坡怀古、龙潭夕影、亭对江流等八大景点尤负盛名。

广东省

沙湾古镇①

二〇二一年六月十三日

【美景】

广州唯一文化镇，
荣誉称号数不清。
文物景点一百多，
世代雕塑成精品。

"何氏三杰"②谱名曲，
雕砖技艺有传承。
素有传统舞醒狮，
奇葩飘色世闻名。

【特产】

神木

自古乌木奉为神，
镇宅避邪是珍品。
可失珠宝一钱袋，
难舍乌木两三根。

【美食】

姜撞奶

生姜撞奶八百年，

温中止咳养容颜。

【注释】

①沙湾古镇：位于广东省广州市番禺区中部，始建于南宋，
至今有800多年历史，是国家级文化名镇。

②何氏三杰：指的是何柳堂、何与年、何少霞。

龙湖古寨①

二〇二一年六月十三日

【美景】

街巷井然庭院深，
古寨内巷陌纵横。
随处可见千年榕，
祠堂无数留古韵。

书斋命名具意蕴，
"怡香书室""梨花吟"。
"我读书屋""友竹居"，
尊师重教得传承。

村落名录建筑群，
文化圈内唏嘘震。
龙湖古寨有"五多"②，
潮州文化辟蹊径。

【特产】

龙湖酥糖

清香不腻入口化，
酥脆甜蜜无糖渣。
传统名点誉海外，
食用送礼品位佳。

【美食】

龙湖炖糕

糖浆拌粉隔水炖，
切片如书一本本。
洁白清甜兼细腻，
美味珍品世闻名。

【注释】

①龙湖古寨：位于广东省潮州市韩江中下游，始建于南宋年间。

②五多：姓氏多、举士多、府第祠堂多、书院书斋多、学田多。怡香书室、梨花吟馆、我读书屋、友竹居等为书斋名。

松口古镇①

二〇二一年六月十四日

【美景】

元魁塔

九层楼阁石砖墙，
每层对嵌四石窗。
攀至塔顶登高览，
顿时感觉忽开朗。

凉山苍翠稻飘香，
古塔参天意气昂。
云雾缭绕炊烟起，
舟楫泛游梅江上。

【特产】

金柚

肉质脆嫩色鲜黄，
清甜爽口有蜜香。
"天然罐头"水果王，
出口各地美名扬。

【注释】

①松口古镇：位于广东省梅州市梅县区松口镇，在梅江下游闽粤赣三省交界处，是依山傍水的小盆地。

安铺古镇①
二○二一年六月十五日

【美景】

八音②

八种乐器组成群，

五彩缤纷徐徐行。

吹拉弹奏震天响，

声韵飘逸天籁音。

元宵佳节《报春来》，

欢快清雅袅动人。

男女老少欢欣舞，

蔚为壮观八音韵。

【特产】

白切鸡

粤菜系列鸡佳肴，

原汁原味无配料。

色香俱全清淡鲜，

曾获部级金鼎奖。

【注释】

①安铺古镇：位于广东省廉江市西部，地处九洲江入海口，是广东省四大古镇之一，也是全国重点镇。

②八音：是安铺镇的一种古老艺术，在本地特色的八类乐器中，选取21件组成乐队，在大街上演奏当地的民间曲调《报春来》《小桃红》等名曲。在各种乐器上，均缀有五彩缤纷的丝带、绒球，蔚为壮观。

唐家湾古镇①

二〇二一年六月十五日

【美景】

赤花山意境②

石鸡晨鸣震山岗，
百鸟投林归巢忙。
山石巍峨奇趣多，
月夜鸣泉敲石响。

石船撒网鱼满舱，
横岗木笛声声扬。
石桥晚钓满载归，
赤花石炮十二响。

【美食】

泥煨鸡

皮脆肉嫩色泽黄，
入口酥烂美味香。

白虾杂鱼煲

鱼虾混杂煲煮熟，

肉质鲜甜味道优。

虾红鱼白色泽艳，

原汁原味口水流。

【注释】

①唐家湾古镇：位于广东省珠海市香洲区，是中国历史文化名镇。

②赤花山意境："石鸡晨鸣""石船撒网""横岗木笛""石桥晚钓""赤花石炮"等为赤花山景点。

佛山古镇①

二〇二一年六月十六日

【美景】

桥梁

河网如织桥梁多，
村内石桥三十座。
石桥分布四特色，
有利出行与生活。

水路贸易埠巷桥，
拐弯桥设集市多。
便于交通十字桥，
水口桥过境外货。

集市名桥有三座，
明远巨济金鳌落。
古榕芭蕉相映衬，
好似鹊桥跨银河。

【特产】

均安蒸猪

广东名菜蒸全猪，
红白喜事上宴席。
皮脆肉嫩色金黄，
咸鲜可口肥不腻。

双皮奶

采用水牛奶制成，
奶香浓郁细白嫩。
品种多样双皮奶，
养胃美肤味道醇。

【美食】

大良野鸡卷

肥肉包裹瘦肉圈，
好似大良野鸡卷。
蒸熟油炸成金黄，
焦香味美酥脆甘。

酝扎猪蹄

慢火煮浸扎猪蹄，

富含胶质肉丰盈。

【注释】

①佛山古镇：位于广东省佛山市，是中国四大古镇之一。

福建省

霍童古镇①
二〇二一年六月十七日

【美景】

霍童溪

蜿蜒曲折霍童溪，
自然景观两岸立。
狮子峰②上睡美人③，
双鲤朝天④老君岩⑤。

风清水碧鸟雀跃，
漂流竹排泛涟漪。
树形怪异种繁多，
栩栩如生意境奇。

【文化遗产】

霍童线狮

绳索操纵狮子戏，
文武双功演奇艺。
蹲卧伸展能登山，
线狮演活成绝技。

【美食】

八果糕⑥

糕粉配料入糖浆，

拌匀定型成糕样。

油润软韧甜香醇，

陶醉八仙追闻香。

【注释】

①霍童古镇：位于福建省宁德市蕉城区，霍童线狮在中国民俗文化中有"中华绝活"的美名。

②狮子峰：是霍童溪两岸景点。

③睡美人：是霍童溪两岸景点。

④双鲤朝天：是霍童溪两岸景点。

⑤老君岩：是霍童溪两岸景点。

⑥八果糕：传说铁拐李闻到八果糕的香味后，追闻了20公里，才找到八果糕，并拿了八块给八仙品尝，故又称八仙糕。

和平古镇①

二〇二一年六月十八日

【美景】

古街

古街九曲十八弯，
中心全铺青石板。
宛如欲飞一青龙，
俯卧古朴民居院。

街面等距铺棋盘，
衣锦还乡留光环。
小巷蜿蜒高墙间，
古朴幽静深邃远。

和气巷遇侧身过，
潘家巷中有折弯。
纵横交错如迷宫，
陌生人进不知还。

【特产】

游浆豆腐

游浆酵母制豆腐，
制作工艺很特殊。
细嫩爽口味鲜美，
久负盛名美名扬。

【文化遗产】

摆果台

百果摆台坎头村，
纪念太守佑大人。
上演戏曲《三角戏》，
祈求来年走好运。

【注释】

①和平古镇：是国家级历史文化名镇。其街面上每隔100米处都有棋盘图案，游人观光时，都得在棋盘图案处停留拍照。

培田古镇①
二〇二一年六月十九日

【美景】

古建筑

三龙环抱②培田村，
五虎雄踞③守村门。
错落有序古建筑，
文化底蕴博精深。

宫宅九厅十八井，
高堂华屋技艺精。
政住居教于一体，
布局科学功用明。

三间四柱五楼式，
忠正牌坊葫芦顶。
供奉神像太师壁，
赏心悦目如天成。

【特产】

宣和雪薯

长圆柱形呈褐色，

肉质细腻如雪白。

煮熟清香味鲜美，

补肾健脾治久咳。

连城白鸭

"鸭中国粹"白鹜鸭，

氨基酸有十七八。

滋阴补肾健脾胃，

宁心安神清热佳。

【注释】

①培田古镇：位于福建省连城县内，古民居建筑精美，有"福建民居第一村""民间故宫"之美誉。

②三龙环抱：是指冠豸山、笔架山、武夷山余脉由北向南直落此地，好似三龙环抱。

③五虎雄踞：是指古镇外面有五个山峰，好似五虎雄踞。

双溪古镇①

二〇二一年六月十九日

【美景】

双溪绕村汇西流，
群山环抱云雾悠。
面对文峰靠三台，
玉柱依左长老右。

奇山异水林苍绿，
溪流纵横风景秀。
鸳鸯猕猴早定居，
诗情画意尽风流。

【美食】

艾蛋茶

艾叶开水拌蛋液，
迎宾待客上等礼。

鸳鸯面②

屏南椆面称奇葩，

色如琥珀质地滑。

鲜嫩可口如米粉，

屏南特产口味佳。

【注释】

①双溪古镇：位于福建省宁德市屏南县，是一个有一千多年历史文化古镇，是鸳鸯、猕猴保护区。

②鸳鸯面：人们将苦椆果实磨成粉，再做成面，称"苦椆面"。因是鸳鸯爱吃的东西，所以称其面为"鸳鸯面"。

贡川古镇①

二〇二一年六月二十日

【美景】

会清桥

两墩三孔跨贡溪，
贡川巫峡连一起。
桥身石砌拱桥形，
桥上屋亭接两地。

门楼四面坡屋顶，
飞檐翘角装饰齐。
彩绘泥塑带鱼吻，
藻井神龛武大帝。

【特产】

贡川草席

草茎坚韧有弹性，
圆滑无节粗细匀。
色泽鲜艳带清香，
编织草席成贡品。

吉山老酒

独特手法酿制成，

艳红清澈馥香醇。

富含多种氨基酸，

健胃延年美名扬。

金线莲

金黄脉络与叶连，

调和气血带养颜。

百香果

"果汁之王"百香果，

各种果香情意多。

清热生津助消化，

幽闺酿浆情绵长。

【注释】

①贡川古镇：位于福建省永安市北郊，是福建省唯一城堡式古镇。

浙江省

新市古镇①
二〇二一年六月二十一日

【美景】

新市历史数千年，
傍桥而市沿河建。
自古繁华成商埠，
人文古迹值流连。

觉海寺伴迎圣桥，
太平桥座刻楹联。
金榜题名状元桥，
古弄蜿蜒杨柳间。

【独特民俗】

蚕花庙会
清明时节来庆祝，
蚕花庙会很神圣。
怀装蚕种插蚕花，
人山人海求丰登。

【特产】

茶糕

四四方方体态艳，

选料考究松香鲜。

提神醒脑营养多，

飘香古镇四百年。

【注释】

①新市古镇：位于浙江省德清县，距今有数千年历史，其建制历史就达一千七百年。

乌镇①
二〇二一年六月二十二日

【美景】

西栅桥

江南水乡名歌谣，
境内游立十二岛。
岛岛便通达四方，
密布相连七十桥。

民俗风情润乡愁，
祈求丰年走十桥。
两桥垂直相映衬，
桥景一绝桥里桥。

【特产】

姑嫂饼②

冷粉酥油精制成，
粉质细腻油光润。
酥脆爽口香甜咸，
歪打正着姑嫂饼。

【注释】

①乌镇：位于浙江省嘉兴市桐乡，是中国十大魅力名镇，国家5A级景区。

②姑嫂饼：糕饼店老板想保留做饼技术，不想传给女儿，只传儿媳。女儿不满意，偷偷撒一把盐在饼的配料中，谁知歪打正着，坏事变成好事。这样配料做出的饼，更香甜，甜中带咸，更受顾客欢迎。后来由姑嫂一起做饼，故称"姑嫂饼"。

南浔古镇①

二〇二一年六月二十三日

【美景】

小莲庄

设山理水内外园，
内园呈现园中园。
叠石成山池栽菱，
苍山翠松山道弯。

外园荷花映满池，
楼阁亭台沿池转。
移步换景显匠心，
湖光山色趣成环。

【特产】

辑里湖丝

丝中极品辑里丝，
特供专织龙凤衣。
白净柔匀坚圆细，
世界评比誉第一。

香大头菜

材质细腻色泽鲜，

咸淡适宜香脆甜。

餐食佐膳是上品，

内外畅销二百年。

【注释】

①南浔古镇：位于浙江省湖州市南浔区，具有七千多年悠久历史，是国家级5A旅游景区，蚕丝名镇，辑里湖丝名誉中外。

西塘古镇①
二〇二一年六月二十四日

【美景】

烟雨长廊

古镇长河伴长廊，
古弄民居立两旁。
杨柳舞摇飘花絮，
蜿蜒曲折显温馨。

灯火阑珊乌托邦，
自由灵魂歌声扬。
夜伴清风望星空，
玉盘宝石闪光芒。

【特产】

杜鹃花

花中西施称杜鹃，
鲜艳夺目耀花坛。
热情奔放带纯真，
吉祥美好盛誉传。

【美食】

芡实糕

芡实白糖糯米粉，
传统工艺精制成。
鲜甜脆口好味道，
历经百年含八珍。

【注释】

①西塘古镇：位于浙江省嘉兴市嘉善县，是中国历史文化名镇，国家5A级旅游景区。

前童古镇①
二〇二一年六月二十五日

【美景】

山环水绕达四方，
风水宝地浙东藏。
白溪水渠挨户流，
家家水流连小桥。

户户卵石通曲道，
祠堂牌坊显荣耀。
山峦层叠色宜人，
梁皇山麓紫竹摇。

【特产】

第一古樟
古樟巨枝分五杈，
好似五龙盘旋下。
树空可容十多人，
避暑纳凉美哒哒。

【美食】

豆腐

前童美食数豆腐，

十种吃法味道殊。

百米长桌豆腐宴，

色香俱佳醉西施。

【注释】

①前童古镇：位于浙江省宁波市宁海县，是浙东地区最具儒家文化古韵的古镇。仅明清两代秀才以上功名者即200多人。

安昌古镇①
二〇二一年六月二十六日

【美景】

民居市场隔河望，
古桥相连依河傍。
幽深小弄铺石板，
店铺作坊伴长廊。

乌篷小船穿水乡，
迎亲社戏在船上。
裹粽子，扎白糖，
民俗风情永发扬。

【民俗】

水上婚礼
凤冠红袄绣花鞋，
新娘红巾把头盖。
喜船水巷穿梭行，
鞭炮锣鼓迎喝彩。

【美食】

腊肠

串串腊肠挂门前，

一道独特风景线。

【注释】

①安昌古镇：位于浙江省绍兴市柯桥区境内，是浙江省历史文化名镇。

新昌县①

二〇二一年六月二十七日

【美景】

七盘仙谷

峰林叠翠满山岗，
瀑潭清流幽涧淌。
猫鼠观天听蝉鸣，
奇异峰岩联浮想。

雄狮追逐捕大象，
蝙蝠田鸡和声唱。
天兵天将下凡来，
花果满山飘茶香。

【特产】

白术

健脾益气作用大，
畅销国内东南亚。

【美食】

"小京生"②

壳薄光泽是极品，
松脆爽口香甜润。
营养价值胜牛奶，
吃过京生不食荤。

【注释】

①新昌县：位于浙江省东部，是绍兴市辖县，距今有1100多
年历史，是全国旅游综合实力百强县。猫鼠、雄狮、大象、
蝙蝠、田鸡、天兵天将等为七盘仙谷里的怪石奇峰景观。

②小京生：是一种花生，于清朝末年从北京移植至此，后驰
名国内外。

江西省

河口古镇①

二〇二一年六月二十七日

【美景】

明清古街

两河汇流名河口，
商货换船转码头。
八省百货集散地，
商船停泊数千艘。

沿江建铺数千家，
全国商贾河口留。
古街长达五十里，
赣东名镇尽风流。

【特产】

连四纸

采用嫩竹精制成，
洁白如玉密细韧。
防虫耐热不变色，
着墨鲜明平柔韧。

印刷书文清晰明，

写书作画入三分。

若受御赐连四纸，

文人墨客视荣膺。

【美食】

芙蓉糕

形态色调如芙蓉，

金黄紧密有匀孔。

风味好似萨其马，

松软甜香营养丰。

【注释】

①河口古镇：位于江西省铅山县河口镇，是江西四大名镇之一。地处信江与铅山河合流处，故称河口。

瑶里古镇①

二〇二一年六月二十八日

【美景】

瓷之源

世界瓷都景德镇，
瓷质工艺醉世人。
畅销全球永不衰，
文物收藏成极品。

洁白如玉明如镜，
釉下五彩青花纹。
没有高岭无瓷都，
瓷料源于瑶里镇。

【特产】

瑶里嫩蕊

紧致匀称银毫露，
银光隐翠显嫩绿。
透明如玉兰花香，
鲜爽甘醇香持久。

【美食】

碱水粑

寒婆②发明碱水粑，

子胥③叩拜传天下。

备战备荒利于民，

传承至今成奇葩。

【注释】

①瑶里古镇：位于江西省景德镇市浮梁县东部，素有"瓷之源、茶之乡、林之海"的美称，是江西省风景名胜区。

②寒婆：又叫韩婆。靠群众接济为生。为了使食物放的时间长一些，想出用禾灰做粑粑。这种粑粑可以放较长时间不坏，人们都效仿。她死后，人们称她为寒婆，并用碱水粑在其坟前悼念她。

③子胥：指伍子胥。曾到寒婆坟前拿食过碱水粑。他将做碱水粑的方法告诉老百姓，以备战乱。

锦江古镇①
二〇二一年六月二十九日

【美景】

金盘山

山道两旁立山包，
形似灯笼为君照。
弯曲小溪清泉流，
飞瀑悬挂半山腰。

水花四溅蝴蝶泉，
好似仙女舞银练。
莫道"秋风碧树寒"，
天官②永居盘山间。

【特产】

茄子干

锦江名菜茄子干，
生津开胃味道好。
香辣甜咸如一体，
过口不忘韧又软。

【美食】

灯芯糕

形如灯芯糕柔软，
通过明火可点燃。
色泽白润味香甜，
健脾开胃味道好。

【注释】

①锦江古镇：位于江西省鹰潭市余江区，是区内经济、文化、教育中心以及农贸集散地，是信江河岸的千年古镇。
②天官：是指明朝吏部尚书桂天官，他死后就葬于金盘山。

富田古镇①

二〇二一年七月一日

【美景】

横坑古村

十里长坑一村横，
前后左右绕山林。
九曲双流穿村过，
村头皆有冒水井。

卵石巷道村纵横，
连环套屋一群群。
一棵古樟插村前，
好似大船扬帆行。

【特产】

艾叶米馃②

艾叶糯米巧制成，
又香又软甜在心。

【美食】

富田桥豆腐③

不放任何添加剂，

鲜美余香满口溢。

富含多种氨基酸，

名扬三湘古来稀。

【注释】

①富田古镇：位于江西省吉安市青原区，是国家4A级旅游
景区。

②艾叶米粿：传说东海孽龙在富田作威作福，观音菩萨化作
老太婆指点当地人们用艾叶蒸煮糯米，薰跑孽龙，为民除
害。老百姓为感谢观音菩萨，每年二月十九日做艾叶米粿敬
奉观音。

③富田桥豆腐：为什么不用任何添加剂？主要是采用一口深
井的水所致。

浒湾古镇①

二〇二一年七月二日

【美景】

书铺街

平行两条书铺街，
店铺相连中间盖。
前门后门通两道，
便利互通信息来。

作坊多达九十九，
木刻印书娜嬛垲。
"临川才子金溪书"，
名扬明清朝内外。

【特产】

金橘饼

金橘糖浆精制成，
补充营养可生津。

【美食】

浒湾油面

龙须贡面滑细腻，
口感绵软消化易。
健脾开胃味道好，
游客品尝都欢喜。

【注释】

①浒湾古镇：属于江西省抚州市金溪县，是中国历史名镇，是明清时代木刻印书的地方。"金溪书"指的就是浒湾镇。镇上有两条书铺街，专门印书售书。

江苏省

周庄古镇①

二〇二一年七月三日

【美景】

双桥

方圆两桥垂直连，
好似钥匙遗河边。
乌篷小船穿桥过，
明月翠林映桥间。

周庄绝景引墨客，
写生摄影满河沿。
"故乡回忆"一油画，
扬名海外思乡恋。

【特产】

万三糕

制作精良耐贮藏，
片薄滑糯味甜香。
演变糕种二十多，
全福贡酥呈皇上。

【美食】

万三蹄

肥而不腻味香嫩，
富含蛋白钙铁磷。
美容养颜缓衰老，
婚庆喜宴必上席。

【注释】

①周庄古镇：位于江苏省苏州市东南，昆山、吴江、上海三地交界处，是国家5A级旅游景区，是江苏省文明乡镇。

同里古镇①
二〇二一年七月四日

【美景】

五湖怀抱同里镇，
家家临水通舟行。
网状河流分七岛，
四十九桥连乡情。

节庆活动走三桥②，
拍打莲厢迎喜庆。
繁衍生息五千年，
水乡文化得传承。

【特产】

酒酿饼
传统名点酒酿饼，
甜肥软韧润晶莹。

【美食】

赤豆糕

赤豆糯米精制成，
多重功效受欢迎。
清热解毒健脾胃，
利尿消肿除烦心。

【注释】

①同里古镇：位于江苏省苏州市吴江区，是最受网民喜爱的十大古镇之一。

②三桥：指的是同里古镇区的太平桥、吉利桥、长庆桥。

千灯古镇①
二〇二一年七月五日

【美景】

三桥②邀月

三桥联袂现三代，
求得明月映桥怀。
跨过三桥进千灯，
如入千年水乡寨。

陆水并行街河连，
桥塔相应石板街。
廊坊庭院依河建，
千灯风韵遗万代。

【特产】

美人指葡萄

形色好似美人指，
富含钙铁维生素。
止咳除烦益肝肾，
补益气血强筋骨。

【美食】

千灯肉粽

姣俏玲珑香扑鼻,
入口油润而不腻。
千年闻名又遐迩,
端午佳节奉上席。

千灯羊肉

独特技艺烧煮成,
营养丰富世闻名。
补肝明目祛湿气,
暖胃生津避寒冷。

【注释】

①千灯古镇:隶属于江苏省昆山市,是国家4A级旅游景区。

②三桥:分别指呈现明代特色的方泾浜桥、清代特色的恒升桥、宋代特色的鼋渡泾桥。

淳溪古镇①

二〇二一年七月六日

【美景】

三湖怀抱淳溪镇，
湖滩遍布芦苇生。
塔楼阁庙傍水列，
小桥流水景宜人。

高淳老街一字形，
青石纵来红石横。
整齐美观色鲜艳，
历近千年显神韵。

【特产】

花香莲藕

花香莲藕于东晋，
洁白香甜脆鲜嫩。
富含铜铁钾镁锌，
千年畅销世闻名。

固城湖螃蟹

固城螃蟹蟹中冠，

特殊生态无污染。

青背白肚有光泽，

黄毛金爪爬得欢。

肉质肥嫩又鲜美，

药用价值也可观。

【注释】

①淳溪古镇：位于南京市高淳区，是"中国历史文化名镇"。

黄桥古镇①

二〇二一年七月七日

【特产】

黄桥烧饼

饱满美观两面黄，
外撒芝麻馅内藏。
色泽金黄如蟹壳，
入口酥松齿留香。

黄桥烧饼誉四方，
全镇家家精制忙。
战时助阵获大捷，
参加国宴受赞赏。

黄桥肉渣

黄桥肉渣"脆巴香"，
脱脂精致色棕黄。
营养丰富是佳珍，
畅销各地美名扬。

【注释】

①黄桥古镇：位于江苏省泰兴市，地处长江北岸的苏中平原。

无锡古城①

二〇二〇年十一月十四日

【名人逸事】

第一巧匠②

厌恶科举喜格致，

觅得一书学工艺。

立下"四毋"③座右铭，

催生鲁班再显世。

成功研制蒸汽机，

"黄鹄"轮船江海驰。

破译元素周期表，

"第一巧匠"皇上赐。

【特产】

宜兴紫砂

质地细腻无釉陶，
传热迟钝透气好。
保温保香耐热强，
宜兴紫砂成国宝。

杨梅

果实汁多色鲜艳，
风味独特美酸甜。

水蜜桃

白里透红呈球形，
果肉丰富甜滑润。

【美食】

酱排骨

油而不腻色酱红，
骨酥肉烂香浓郁。
百年不衰底蕴足，
盛誉食坛不倒翁。

【注释】

①无锡古城：无锡是江苏省的地级市，是重要的风景旅游城市，因历史悠久，被称为"无锡古城"。

②第一巧匠：是指清朝"草根"出身的巧匠徐寿。他在中国科技领域创造了多个第一：第一台蒸汽机，第一艘机动轮船，第一艘军舰的制造者；第一个化学元素的中文命名者；第一所科技学校——格致书院的创办者。他是中国近代科学先驱，被清朝同治皇帝赐予"天下第一巧匠"的称号。

③四毋：毋谈无稽之言，毋谈不经之语，毋谈星命风水，毋谈巫觋谶纬。

扬州古城①
二〇一七年四月二十一日

【名人逸事】

学友聚会
三月学友聚扬州，
莲花桥头咏诗游。
六友影中笑颜开，
书生意气永长留。

昔日英才林园秀，
今朝辉煌耀神州。
硕果累累尽满目，
扬州八怪也嫉妒。

【美食】

千层油糕

菱形块状芙蓉艳，

层层糖油相互间。

糕面撒有红绿丝，

清新悦目软嫩甜。

【注释】

①扬州古城：是江苏省地级市，是世界美食之都，是国家历史文化名城。位于江苏省中部，长江与京杭大运河交汇处。是具有传统特色的风景旅游城市。因历史悠久又被称为"扬州古城"。

安徽省

陵阳古镇①

二〇二一年七月七日

【美景】

神龙谷

上香古道云雾绕，
飞瀑如练挂壁梢。
古木叠翠溪水流，
鸟鸣猿啼幻影飘。

黄石溪

山峰叠峦黄石溪，
清澈溪水流不息。
鸡犬共鸣润峡谷，
民居隐现伴溪栖。

【特产】

毛豆腐

浓密纯净毛豆腐，
鲜味独特芳香郁。
富含多种营养素，
清热润燥能益气。

【美食】

一品锅

诰命夫人②创制成，

各种食材一锅炖。

味厚而鲜增食欲，

逢年过节聚亲情。

【注释】

①陵阳古镇：隶属安徽省池州市青阳县，是中国历史文化名镇。

②诰命夫人：是指明代石台县"四部尚书"毕锵的一品诰命夫人余氏。

三河古镇①

二〇二一年七月八日

【美景】

三河②汇流鹊渚镇，
环抱古镇口字形。
沿河成街河圩连，
依水建房沿堤伸。

主街支巷成十字，
青石板路为轴心。
古镇两端遗炮楼，
防御集贸多功能。

【特产】

包心粑粑

形如面包色金黄，
皮脆酥软馅中藏。
先煎后蒸添美味，
食中珍品齿留香。

【美食】

酥糖

屑子麦芽糖组成，
工艺精制麻将形。
香甜酥脆味浓郁，
老少皆宜食佳品。

【注释】

①三河古镇：位于安徽省合肥市肥西县南端，是国家5A级旅游景区。是中国历史文化名镇，其古名为鹊渚镇。

②三河：是指丰乐河、小南河和杭埠河。

黄泥古镇①
二〇二一年七月九日

【美景】

三面环水一面山，
三县②怀抱成要寨。
一舟可行五湖水，
一脚能踏潜怀太。

沟渠纵横地肥沃，
鱼米之乡不虚传。
兴盛繁荣七百年，
誉为潜山"小上海"。

【特产】

粉蒸肉
肉拌粉料入笼蒸，
颜色鲜艳香肥嫩。

【美食】

米粑

质地轻柔色白纯，

边角有棱整圆形。

怀念祭祖缀红点，

走亲访友"回礼品"。

【注释】

①黄泥古镇：位于安徽省潜山市南部，是潜山市的南大门。
是远近闻名的鱼米之乡。

②三县：是指潜山市、怀宁县和太湖县。

孔城古镇^①

二〇二一年七月十日

【美景】

孔城老街

绵延数里孔城街，
店铺民居沿街盖。
街面铺设麻石板，
十甲闸门分隔开。

商贾云集百业兴，
厂店院庄汇聚财。
文化遗产布古镇，
"桐乡书院"名四海。

【特产】

腊货

竹竿晾晒排排香，
腊肉腊鱼腊香肠。
天南海北订单飞，
顺丰快递发货忙。

【美食】

江毛水饺

名为水饺实馄饨，
汤鲜皮薄肉细嫩。
富含多种营养素，
平衡膳食能强身。

【注释】

①孔城古镇：位于安徽省安庆市桐城市东部，是省级历史文
化名镇，优秀旅游乡镇。

寿县古城①

二〇二一年七月十日

【美景】

曾做四都②古寿春，
古城风韵今尚存。
规模宏大古建筑，
完好城墙连四门。

街道布局如棋盘，
护城河绕润美景。
翁城格局九百年，
防御自有"门里人"③。

【特产】

大救驾

形如旋涡色泽黄，

外皮酥脆馅中藏。

赵匡胤赐"大救驾"，

金口玉言美名扬。

廷龙瓜子

配方独特匀肉厚，

咸淡适中风味独。

【美食】

寿州粉皮

绿豆粉皮薄如翼，

均匀光亮轻似纸，

炒菜烧汤皆美味。

寿州香草

草本植物叶对生，

好似芝麻秸秆形。

匡胤嗅说"是香草"，

名扬千里香满城。

瓦埠湖银鱼

鱼体细长头扁平，

光滑透明白如银。

肉质细嫩味鲜美，

上等佳肴成贡品。

【注释】

①寿县古城：位于安徽省淮南市八公山南麓，是我国历史名城之一。

②四都：是指蔡国、楚国、西汉的淮南国以及三国时的大成国。寿县曾叫寿春。

③门里人：是指武俑"石敢当"。

上海市

七宝老街①

二〇二一年七月十一日

【美景】

千年古街藏七宝②，
如来铁佛天上掉。
水中浮来佘来钟，
玉斧奠基助建桥。

王妃楷书莲花经，
千年梓树寺内藏。
七金八银金鸡守，
一双玉筷赐忠良。

【特产】

海棠糕

形如绽放海棠花，
饴糖面皮藏豆沙。
果丝瓜仁做点缀，
赏心悦目品食葩。

【美食】

七宝汤圆

表面洁白醇细腻，

软糯味美馅料鲜。

【注释】

①七宝老街：位于上海市闵行区七宝镇的新街青年路旁，是典型的城中镇，是江南太湖流域的千年古镇。

②七宝：指的是如来铁佛、氽来钟、玉斧、金字莲花经、神树、金鸡和玉筷。

朱家角镇①

二〇二一年七月十一日

【民风民俗】

珠里兴市

七月初七朱家角，

人如潮涌擦肩过。

通宵达旦灯火明，

沿街小贩忙吆喝。

清明放风筝

点烛烧香叩跪拜，

祈求上天保平安。

点亮鹞灯放上天，

左邻右舍共赏玩。

摇快船

彩船数十回珠里，

金鼓沸腾拨桨急。

快船如梭达千米，

相互竞赛成俗习。

音乐船

弦管乐器丝竹班，

八大名曲欢歌弹。

喜庆佳节邀演奏，

柔美典雅乐满船。

【美食】

小米糕

小米发糕色金黄，

调理养血滋补强。

补脾和胃助消化，

护肤美容胜保养。

【注释】

①朱家角镇：属于上海市青浦区，位于青浦区中南部。是上海四大历史文化名镇之一，是中国历史文化名镇。朱家角镇曾叫珠里镇。

新场古镇①
二〇二一年七月十二日

【美景】

穿镇而过窄河道，
雕刻精制石拱桥。
傍水而建古民居，
一派水乡好风光。

新场十景②展新貌，
七大古桥③通四方。
十三牌坊九环龙，
堪比苏州胜周庄。

【特产】

芦素
形如竹子叶厚窄，
平滑中脉呈白色。
富含糖分维生素，
类似甘蔗可食得。

【美食】

鸡汤豆腐花

百年鸡汤豆腐花，
口感细腻又香滑。
补气养血美容颜，
通络祛淤效果佳。

【注释】

①新场古镇：位于上海市浦东新区。

②十景：溪湾石笋、书楼秋爽、雷音晓钟、横塘晚棹、仙洞丹霞、"海眼原泉"、高阁晴云、上方烟雨、千秋夜月、南山雪霁。

③七大古桥：洪福桥、千秋桥、白虎桥、扬辉桥、玉皇阁桥、永宁桥和盛家桥。

枫泾古镇①

二〇二一年七月十三日

【美景】

吴越名镇古枫泾，
水网遍布河纵横。
街坊巷桥织成网，
长廊伴河类西塘。

三步两桥十条巷，
林木荫翳荷花香。
清水急流增秀美，
别号"芙蓉"美名扬。

【特产】

枫泾状元糕

薄如莲瓣一片片，
正反金黄色鲜艳。
桂花状元最热销，
老少皆喜吃不厌。

【美食】

枫泾丁蹄

外形完整色红亮，
肉质细嫩酥烂香。

天香豆腐干

"天香"印记豆腐干，
色泽乌亮腻鲜软。
咸中蕴甜香扑鼻，
入馔零食皆喜欢。

【注释】

①枫泾古镇：位于上海市金山区，是上海地区现存规模较大
保存完好的水乡古镇。别号称"芙蓉镇"。

练塘古镇^①

二〇二一年七月十三日

【非遗产】

匍经

民间流传匍经术，
推揉按摩全身躯。
舒筋活络以改善，
为民造福成非遗。

田山歌

吴人劳作唱山歌，
一展歌喉抒情乐。
消除劳累助功效，
休闲欢唱乡情多。

【特产】

茭白

水生茭白白如玉，

富含蛋白维生素。

【注释】

①练塘古镇：位于上海市青浦区，是中国历史文化名镇。

河南省

商丘古城①
二〇二一年七月十四日

【美景】

外圆内方如古钱，
天地相生财运显。
六座古城地下藏，
四座城门城墙连。

三省环绕古城边，
地域优势自呈现。
商祖②开创商贸网，
商都文明四千年。

【特产】

高炉烧饼
形如圆盘锯齿样，
上撒芝麻色金黄。
富含蛋白维生素，
提供营养和能量。

【美食】

五香糟鱼

鲫鱼佐料精制成，

香味浓郁又纯正。

酥烂鲜美营养高，

宴席佐餐是佳品。

【注释】

①商丘古城：位于河南省商丘市睢阳区。处于河南、山东、江苏、安徽四省交界处。是一座商业古城。

②商祖：指的是商国第七任国君王亥，他开创了商贸的先河。商丘是商人、商品、商业的发源地。

古荥镇①
二〇二一年七月十五日

【美景】

郑国都城古荥镇，
西与广武为毗邻。
引黄干渠穿南北，
东靠省会郑州城。

古政经文是中心，
军事要地兵必争。
楚汉相争在此处，
千古绝唱于古荥。

华夏源

滔滔黄河穿河南，
华夏"三皇"②隐嵩山。
开天辟地造文明，
播下良种世代传。

愚公移山填四海，
"人造银河"③绕家园。

千年商都换新貌，
百年辉煌名中原。

人民公仆焦裕禄，
英雄事迹人人赞。
改天换地造福民，
百花之王属牡丹。

外宾云集鸡公山，
万国建筑博物馆。
莺歌燕舞满山鸣，
人类文明华夏源。

追梦

诗仙举杯流畅吟，
金文敬酒畅流情。
欲问天公何指令？
创新增源多富民。

人间何处无创造，
落后观念需革新。
人活一世追何梦？
世界大同满园春！

【特产】

垛子肉

刀削片片垛子肉，

薄如蝉翼晶莹透。

温香细嫩入口化，

诱人难止下一口。

【注释】

①古荥镇：位于河南省郑州市惠济区西部，境内有国家级黄河风景名胜区。

②三皇：是指天皇、地皇、人皇。

③人造银河：是指人工修建的"红旗渠"。

赊店古城^①

二〇二一年七月十五日

【特产】

赊店老酒

仪狄^②神泉酿美酒，

酒体丰满清澈透。

浓郁芳香醇爽净，

不淡不烈不上头。

刘秀^③赊旗胜诸侯，

赊店老酒名九州。

太宗^④品后称"好酒"，

享誉神州"酒中秀"。

【美食】

卤肉火烧

社旗卤肉色金黄，

面饼表呈螺旋状。

火烧夹肉酥脆香，

方便快捷任品尝。

【注释】

①赊店古城：位于河南省南阳市社旗县永庆街附近。

②仪狄：相传是大禹身边的一位酿酒师，因酿美酒献帝王，王恐酒亡国，疏远了他。他流浪到神泉镇（今社旗境内），他认为此地是酿酒的好地方，就在神泉井边建场酿酒。

③刘秀：东汉开国皇帝。他想推荐兴汉。一日，在南阳一个小镇的刘记酒馆，他召集众贤士，商议举义大事。计议商定，但缺帅旗。刘秀看见酒馆的酒幌子，就赊酒旗为帅旗，兴兵南阳并取得胜利称帝。为感谢酒馆老板，刘秀封酒馆为赊旗店，酒为赊店老酒，该镇为赊店镇。

④太宗：指唐太宗李世民。曾到此品尝过赊店老酒，连称"好酒，好酒"。

荆紫关古镇①

二〇二一年七月十六日

【美景】

罗汉洞

重峦翠叠青龙山，
半山悬崖洞窟嵌。
天生一个罗汉洞，
险幽深邃现奇观。

乳石罗汉守洞门，
佛柱壁顶如神坛。
香客祭拜抢头香，
祈福和睦与平安。

三省纪念碑

登临石塔踏三省，
闻听三省鸡鸣声。
南水北调由此起，
谁知泄流几多情？

【美食】

神仙凉粉

树叶淀粉制凉粉，

温水浇搓汤汁成，

性甘味苦可清热。

【注释】

①荆紫关古镇：隶属于河南省南阳市淅川县，地处豫、鄂、陕三省结合部。是中国历史文化名镇。

神垕古镇①

二〇二一年七月十七日

【美景】

古寨

神垕古镇多古寨，
高大寨墙护民宅。
四周墙上建炮楼，
防范匪患与洪灾。

【特产】

钧瓷

胎骨坚实型典雅，
窑变工艺吐芳华。
色彩丰富无一双，
妙趣横生激浪花。

意境深邃誉"神品"，
厅堂无钧不自夸。
永久收藏联合国，
走向世界展华夏。

【美食】

银梅口乐

富含乌梅金银花，

配方合理风味雅。

酸甜适中带药香，

民族饮料之奇葩。

【注释】

①神垕古镇：位于河南省禹州市，是中国历史文化名镇，是中国钧瓷之都。

北舞渡古镇^①

二〇二一年七月十八日

【文物】

贾湖骨笛

贾湖骨笛一出土，

成为世笛之"鼻祖"。

穿越时空九千年，

古今相通同吹奏。

建成地标装饰柱，

彰显音乐底蕴足。

收藏河南博物院，

镇院之宝万古流。

贾湖古酒

外乡复制贾湖酒，

河南文化源远流。

酒史提前两千年，

贾湖古酒誉五洲。

【美食】

胡辣汤

清晨胡辣汤一碗，
渗出细汗身子暖。
酸辣可口香喷喷，
胃口大开飘飘然。

西山大厨正宗传，
历经百年大发展。
除湿散寒治感冒，
香辣小吃誉中原。

【注释】

①北舞渡古镇：位于河南省漯河市舞阳县城北25公里处。

巩义古城

二〇二〇年十一月十五日

【遗址】

双槐树遗址①

双槐遗址藏巩义，

"来龙去脉"②显神奇。

黄帝修坛禹得赐，

中华文明发源地。

盆罐鼎钵美彩陶，

骨针缝制兽皮衣。

养蚕制丝五千年，

"北斗九星"③见盛世。

【美食】

老君烧鸡

选料考究汤味鲜，

离骨熟烂色泽艳。

做工精细造型美，

多味药材滋补全。

【注释】

①双槐树遗址：位于河南省郑州市巩义市，黄河与洛河交汇处。传说此地是黄帝修坛，大禹得赐之地，是中华文明的发源地。

②来龙去脉：双槐树遗址周围有许多山脉，组成东西两条蜿蜒的巨龙。当太阳从东边"那条龙"升起，落在西边"那条龙"，好似"来龙去脉"。当人们看到这种地貌时，就认为这是一块风水宝地。

③北斗九星：现在是北斗七星，当时有一颗叫景星，后因天体变迁而消失。还有一颗是主人神化自己为地下王者之星。

安阳古城

二〇二一年十一月十七日

【名人轶事】

韩琦①二事

（一）助人为乐

亲民宰相巡民间，
观赏一副伤心联。
家有五女成绝户，
满堂忧愁难过年。

叫来五婿明抽签，
中签留下养老年。
其余每年二十两，
阖家欢乐笑开颜。

（二）打抱不平

不远千里韩陵山，
拓好碑文片晾干。
纨绔子弟抢拓片，
秀才自卫招窃乱。

韩琦一听气愤极，

扬鞭催马擒人犯。

物归原主送抚银，

好心宰相人人赞。

【特产】

内黄大枣

红枣之乡属内黄，

万国博览获银奖。

皮薄肉厚色紫红，

个大核小富营养。

【注释】

①韩琦：今河南省安阳人，北宋政治家，词人。历仕三朝，任将作监丞、开封府推官、右司谏等职。相传，韩琦在相州任节度使期间，逢年过节总爱到老百姓家观赏对联。有年腊月二十八，他在一户人家门前看到一副对联，得知这家有五个女儿都出嫁了，只有两老在家，并不舒心。韩琦就叫地保把五个女婿叫来抽签，谁中签就养两位老人，其余人每年给银二十两。这样处理，使得阖家欢乐。有一次，韩琦到韩陵山去游玩，发现一个从南方来拓字的秀才被打。问明情况后，他亲自扬鞭催马，追回纨绔子弟抢走的拓片，归还给秀才，并自掏银两给秀才作为养伤费。

白河古镇①

二〇二〇年十一月二十日

【美景】

洛阳"南极"白河镇，
　佛寺杏林史闻名。
　沟壑秀美瀑成群，
　风光秀丽岭纵横。
　秋风细雨杏叶落，
　漫山遍野披黄金。

【美食】

锅贴

锅贴底面呈深黄，
形如饺子馅中藏。
灌汤流油鲜溢口，
酥脆软韧美味香。

【注释】

①白河古镇：在伏牛山腹地，洛阳的最南面，被人们称作洛阳的"南极"。在此有世界上最大、最老的银杏树，树龄最长的有2800多年。

南阳古城

二〇二〇年十月二十九日

【名人逸事】

异代知音①

卧龙岗上飘彩旗，

假饰散淡"空城计"。

俯身躬耕观天下，

审时度势谋胜棋。

天意雨留"武侯祠"，

异代知音面泪滴。

挥毫走笔"出师表"，

"精忠报国"永不弃。

【特产】

独山玉

色泽鲜艳硬度高，

"南阳翡翠"光泽好。

四大名玉有"独玉"，

"玉雕之乡"产国宝。

【美食】

猕猴桃

绿色奇果猕猴桃，
营养价值含量高。
清热降火助消化，
美容养颜效果好。

【注释】

①异代知音：指的是三国的诸葛亮和南宋的岳飞。岳飞路过
南阳时，天突然下起大雨，只好在武侯祠歇息。他在祠内看
见诸葛亮的塑像，泪下如雨，书写诸葛亮的"出师表"，发
泄心中憋闷。岳飞留下的墨迹，使武侯祠更加深邃凝重，引
来不少墨客文人咏诵。

南乐县城

二〇二〇年十一月十九日

【名人逸事】

造字圣人①

结绳记数容易混，
昼思夜想觅路径。
三个老人争去向，
判断原为兽脚印。

始制符号代结绳，
从此文字渐形成。
易懂好学传天下，
人类蛮荒变文明。

【特产】

红杏

皮薄肉厚核很小，
营养成分含量高。
生津润肺止口渴，
润肠通便效果好。

【美食】

南乐壮馍②

形如圆月色金黄，

肉馅佐料月中藏。

外焦里嫩香不腻，

壮馍醉倒朱元璋。

【注释】

①造字圣人：指的是仓颉。河南省南乐县吴村人，相传其"龙颜四目，生有睿德"。黄帝令他统计粮食和牲畜数量，开始时用他结绳方法计数，很不方便。有一天，他到鲁山去狩猎，走到一个三岔路口时，有几个老人在那里争辩野生动物的去向，各有各理。原来，他们是根据动物的脚印做判断的。这对仓颉的启发很大，他就用各种符号来记各种不同事物的数量，后来逐渐形成文字。

②壮馍：开始称"状元馍"，是朱元璋起的名，后来演变成"壮馍"。

河北省

广府古城①

二〇二一年七月十八日

【美景】

四面环水绕城墙，
护城河水自流淌。
一望无际芦苇荡，
风光旖旎秀水乡。

布局合理西八闸，
"姊妹桥"②渡达四方。
战略防御藏兵洞，
确保府民得安康。

【特产】

酥鱼

鲫鱼调料慢炖成，
色鲜味美肉酥嫩。
富含蛋白氨基酸，
补钙健脑壮骨筋。

【美食】

酱驴肉

秘制工艺很精湛，

肥而不腻肉韧烂。

补血益气功效好，

晚清始名噪冀南。

【注释】

①广府古城：位于河北省邯郸市东北部，是一处拥有两千多年历史的古城。

②姊妹桥：指的是弘济桥，号称赵州桥的"姊妹桥"。

滦州古城①

二〇二一年七月十九日

【典故】

老马识途

齐军援燕"迷谷"傍，
风沙迷雾失方向。
菅仲献策放老马，
大军随马出山岗。

寻蚁求水

援燕齐军至龙山，
支国截流断水源。
隰朋献策寻蚁穴，
掘到泉水世代传。

【特产】

毛虾

无色透明体侧偏，
头胸甲具眼后边。
富含蛋白维生素，
营养保健价值高。

【美食】

滦州蜜瓜

气候适合种蜜瓜，
色泽艳丽风味雅。
宴请宾客是上品，
补血养颜效果佳。

滦河红鲤

滦河桥南红鲤鱼，
味甘性平入肾脾。
细鳞鲜鳍味绝佳，
曾为贡品献皇帝。

【注释】

①滦州古城：位于河北省唐山市滦州市，是环渤海旅游圈最
耀眼的一颗明星。

胜芳古镇^①

二〇二一年七月二十日

【美景】

东淀中游隐胜芳，
又称河北一水乡。
穿心河流穿镇过，
街巷伴河延四方。

商贾云集店林立，
水陆要道通达畅。
经商渔猎编芦席，
富甲一方比苏杭。

【特产】

胜芳松花

茶色胶冻半透明，
松枝花纹有弹性。
味道清香凉爽口，
远销海外万千家。

【美食】

油炸糕

色泽金黄油炸糕,

香脆可口甜糯焦。

富含钙铁磷镁钾,

养心益肾美容好。

【注释】

①胜芳古镇:地处河北省霸州市以东。东淀是河北仅次于白洋淀的一处湿地洼淀。

暖泉古镇①

二〇二一年七月二十三日

【美景】

暖泉古镇史辉煌，
三堡②六巷十八庄。
王敏书院具匠心，
古老文化韵水乡。

古朴典雅老君观，
道教说法明道场。
四季温水绕城过，
润育古镇美名扬。

【特产】

打树花

熔化铁水墙上洒，
溅成万朵红火花。
好似枝繁添树冠，
叶茂树花胜烟花。

【美食】

冰糖葫芦

山楂串成蘸糖稀，

又酸又甜又好吃。

开胃养颜味最佳，

消除疲劳增智力。

【注释】

①暖泉古镇：位于河北省蔚县西部，是中国历史文化名镇。
其境内有一四季常温的泉水，因而得名。

②三堡：是指北官堡、西古堡、中小堡三个城堡。

鸡鸣驿古城①

二〇二一年七月二十四日

【美景】

鸡鸣山麓一古城，
四四方方两城门。
东西两门筑越楼，
四角耸立六角亭。

【特产】

绿龙豆角

高产抗病长势强，
豆荚质嫩特优长。
瘦身减肥美容颜，
强壮骨骼益心脏。

【美食】

蜂蜜鸡

蜂蜜柠檬盐腌制，

鸡肉煎熟就可吃。

消炎祛痰润肺腑，

增进食欲防便秘。

【注释】

①鸡鸣驿古城：位于河北省张家口市怀来县，是一处建于明

代的驿站遗址。

北京市

古北口镇①

二〇二一年七月二十四日

【美景】

地处山水结合型，
疑似江南水乡影。
坐拥鸳鸯湖水库，
背靠最美古长城。

古有铁门关之称，
镇守燕京古北门。
东有蟠龙西卧虎，
契丹难越北口镇。

【特产】

板栗

燕山栗树漫山坡，
仁厚白嫩外皮薄。
松软香甜食珍品，
历代宫廷享用多。

【美食】

驴打滚

黄白红馅三色明，
外层粘满黄豆粉。
香甜绵软入口化，
老少皆宜"驴打滚"。

【注释】

①古北口镇：位于北京市密云区东北部，素有"燕京门户"
之称。

苏家坨镇①
二〇二一年七月二十五日

【美景】

凤凰岭
一方净土凤凰岭，
层峦叠翠呈美景。
奇花异草遍山野，
天然氧吧输京城。

虎踞龙盘雄狮峰，
古木果树布密林。
玉兔凌空猴观天，
飞瀑神泉润北京。

【特产】

桑葚
形为长圆色紫红，
补肾养颜能明目。
功效特多称圣果，
上佳补品贡皇宫。

樱桃

樱桃成熟色鲜红，

玲珑剔透营养丰。

医疗保健价值高，

益智养颜能止痛。

【注释】

①苏家坨镇：位于北京市海淀区西北部。凤凰岭是其主要景点之一。"玉兔""猴"是凤凰岭的怪石。

海淀古镇

二〇一七年四月二十九日

【美景】

十七孔桥①

精心设计颐和桥，
古代匠艺奇微妙。
日落阳光灌桥孔，
金光穿洞世难找。

人山人海观奇景，
千年古桥换新貌。
今逢盛世添余晖，
壮丽景观增荣耀。

【特产】

宫门献鱼

盘中鱼入宫门行，
造型独特得此名。
肉质嫩软香四溢，
康熙亲笔把名命。

芸豆卷

芸豆卷子红白间，

温中下气功效全。

益气开胃增免疫，

成为慈禧御前点。

【注释】

①十七孔桥：位于北京市海淀区，有"金光穿洞"的绝世景观。

山东省

景芝古镇①
二〇二一年七月二十六日

【美景】

酒香四溢景芝镇，
酒城一体靓丽景。
仿汉建筑古城堡，
千年酒窖酿酒醇。

连绵花海景秀美，
花香氤氲绕古城。
酒镇文化相融合，
东夷文化博精深。

【特产】

金丝面
面粉鸡蛋精制成，
细如发丝色如金。
软硬适度鲜清香，
明目营养小有名。

【美食】

三页饼

景芝名吃三页饼，

页薄如纸焦柔嫩。

一抖三开味独特，

美食馈赠成佳品。

【注释】

①景芝古镇：位于山东省潍坊市安丘市，是山东省文明镇，是中国芝麻香白酒第一镇。

台儿庄古城①
二〇二一年七月二十七日

【美景】

四省环抱古村庄，
中国最美之水乡。
京杭运河穿村过，
水旱码头达四方。

八座船闸治水流，
八种风格②秀民房。
八大景区③赛江南，
誉称"天下第一庄"。

【特产】

含羞丸子
出锅大，装盘小，
恰似少女含羞臊。
补中益气祛风寒，
防治腹痛肤枯燥。

【注释】

①台儿庄古城：位于山东省枣庄市台儿庄区和鲁豫皖苏交界地带。

②八种风格：是指北方大院、徽派建筑等八种风格建筑。

③八大景区：是指九水汇川、台城旧志等八大景区。

高密县城
二〇一六年十月二十五日

【名人逸事】

长寿星
高密平仲①齐名相，
历仕三世有名望。
谈笑风生能善辩，
淡富轻色美德扬。

扶正祛邪不信神，
为政清廉仁为本。
生活简朴少私欲，
乐观豁达长寿星。

【特产】

大金钩韭菜
植株粗壮叶色绿，
叶片宽厚带金钩。
韭味清新纤维少，
嫩滑甜香品质优。

石磨火烧

火烧扁圆如烧饼,

十里闻香韧不硬。

越吃越嚼越香甜,

深受喜爱馈赠品。

【注释】

①平仲:是指晏子,名婴,字仲,谥"平"。今山东省潍坊市高密人,春秋时为齐国上大夫,历仕灵公、庄公、景公三世,是当时著名的政治家、外交家。活了95岁,在当时是一个奇迹。

山西省

娘子关镇①
二〇二一年七月二十八日

【美景】

娘子关

苇泽关上悬瀑流，
入谷好似银龙游。
关城坐落悬崖上，
晋冀出入成咽喉。

气宇轩昂宿将楼，
长城巍峨依山走。
桃河环绕终不息，
天然屏障易防守。

【特产】

上水石

表面粗糙造型奇，
五颜六色小孔密。
填土上水植花草，
植物茂盛显魅力。

【美食】

压饼

饼薄如纸色鲜艳，
久放香酥味不变。
风味小吃受青睐，
娘子压饼成名片。

【注释】

①娘子关镇：位于山西省阳泉市平定县城东北部。唐太宗的姐姐平阳公主曾率娘子军在此设防、驻守，故称"娘子关"。古时又叫"苇泽关"。

碛口古镇①

二〇二一年七月二十九日

【美景】

黄河画廊

风雨浪花蚀古岩，
十里壁画沿河摆。
千姿百态惊天地，
来往游客全看呆。

鬼斧神工天造就，
凡夫俗子难摹彩。
只怕马良挥神笔，
也难绘出半幅来。

【特产】

木枣

果大色艳肉松软，
归脾胃经性温甘。
养血安神补中气，
缓和药性能护肝。

【美食】

印饼

芝麻圆饼盖红印，

热腾腾，香喷喷。

酥脆香甜称一绝，

好吃好看伴一生。

【注释】

①碛口古镇：位于山西省吕梁市临县，是国家级风景名胜区内的古镇。

恒州古城

二〇二〇年十一月十六日

【名人逸事】

回头看

遁世修炼道成仙，

倒骑毛驴自省贤。

知往鉴今寻真谛，

攀登前行更稳健。

不能只顾眼前事，

要想回看那一天。

事后诸葛谋胜算，

彰往昭来行万年。

【特产】

恒山黄芪

条长纤细色泽黄，

"金井玉栏"中间亮。

富含钾硒营养素，

"药补之长"入"草纲"①。

【美食】

石头饼

"石上燔谷"延今朝，

石头干饼美佳肴。

【注释】

①草纲：是指《本草纲目》。其中，将黄芪誉为"药补之长"。

陕西省

华阳古镇①

二○二一年七月三十日

【美景】

三面环山靠秦岭，
风水宝地醉世人。
栖息繁衍有"四宝"②，
多处植被原始林。
皇帝仳避隐此居，
贵妃南逃留石影，
旅游胜地华阳镇。

【特产】

华阳腊肉

色香味形皆俱佳，
一家煮肉香百家。
久放不坏质不变，
夏季蚊蝇不敢爬。

【名人逸事】

姻缘树

贵妃逃此依树立，
挂上丝带做标记。
明皇到此人已去，
再植一树永相思。

两树合抱上千年，
枝繁叶茂成连理。
搭红放炮不绝耳，
过往行人叩拜祭。

【注释】

①华阳古镇：位于陕西省汉中市华阳镇，是秦岭生态旅游
胜地。

②四宝：是指大熊猫、朱鹮、羚牛和金丝猴。

后柳古镇①
二〇二一年七月三十一日

【美景】

中坝大峡谷

千曲百折如蛇扭，
两侧岩壁垂直走。
抬头只见一线天，
高耸入云奇峰秀。

三龙洞②口喷水流，
飞流直下如银绸。
玩石龟兔齐喝彩，
美妙绝伦奇特优。

【特产】

鼓气饼

形如铁饼色金黄，
个个空心成气囊。
外脆内软香扑鼻，
只吃一次永不忘。

【美食】

石锅鱼

滋补药材辣椒鱼，

双耳石锅烹煎制。

焦黄鲜嫩带喷香，

皇帝品尝垂涎滴。

【注释】

①后柳古镇：位于陕西省安康市石泉县，是中国乡村旅游模范村，是陕西省十大旅游名镇之一。

②三龙洞：是指青龙洞、黄龙洞和麻隆洞。峡谷水源是从上述三洞中流出的。

宁夏回族自治区

镇北堡古镇①

二〇二一年八月一日

【美景】

贺兰山麓两兵营，
南北二堡紧相邻。
现今改做影视城，
《黄河绝恋》《飞天行》。
《牛郎织女》来相会，
唐僧西天去取经。

【特产】

枸杞

品质纯正产量高，
助阳生精补虚劳。
清肝滋肾润肺腑，
明目祛风奇功效。

发菜

黑宝发菜体细长，

质量纯净色黑亮。

补血消滞利小便，

降压降脂清胃肠。

【注释】

①镇北堡古镇：位于宁夏回族自治区银川市西夏区，现为国家5A级旅游景区，是中国十大影视基地之一。

甘肃省

什川古镇①

二〇二一年八月二日

【美景】

古梨园

什川万亩古梨园，
千姿百态景壮观。
堪称一绝世罕见，
难得"梨园博物馆"。

品种多达二十余，
树龄可比寿南山。
梨花珠缀满枝头，
雪姿娇容艳梨坛。

【特产】

软儿梨

人间美味软儿梨，
果肉饱满甜如蜜。
生津解渴润肺腑，
誉为最古冰激凌。

【美食】

兔拉鸡

鸡肉兔肉一起炖，

兔肉变软香滑嫩。

健脾开胃补中气，

美味佳肴属珍品。

【注释】

①什川古镇：位于甘肃省兰州市，被誉为"世外梨园"。

海南省

博鳌古镇①

二〇二一年八月三日

【美景】

八大地貌②景奇观，
海市蜃楼可触探。
千年不死睡美莲，
四季荷花开不断。

观音下凡显神灵，
创建博鳌文化苑。
亚洲论坛隔水望，
东方文化圣景园。

【特产】

椰子糕

形如年糕色白亮，
光滑洁净馅中藏。
特色美食糯松软，
甜而不腻带椰香。

【美食】

海南煎粽

蒸熟粽子油锅煎，
色泽金黄酥香咸。
外焦里嫩香滑口，
家家户户要品尝。

【注释】

①博鳌古镇：位于海南省琼海市，是海南省文化名镇，曾是亚洲论坛所在地。

②八大地貌：是指一个小地方汇聚了江、河、湖、海、山、岭、泉、岛屿八种地理地貌。

铺前古镇①

二〇二一年八月四日

【美景】

木兰灯塔

三面环海呈半岛，
琼州海峡浪涛涛。
木兰灯塔立海湾，
保障航海过险道。

探照灯成双光柱，
交叉挥舞指导航。
好像乐队指挥棒，
指挥自然大乐章。

【特产】

椰子

植株高大果球状，
椰肉熬煮能制糖。
椰壳可做工艺品，
树干能为建筑梁。

苦瓜

苦瓜妙处在于苦，

来春又见一园秧。

苦得纯正不掺假，

"正人君子"誉天下。

自身再苦不染他，

"君子风度"人人夸。

【美食】

椰子船

糯米椰盅制船形，

晶莹微透色白净。

椰香浓郁甜爽口，

软硬相间食佳品。

【注释】

①铺前古镇：位于海南省文昌市北部，是国家级历史文化名镇，是海南省四大古镇之一。